ŒUVRES

DE Mᵐᵉ LA BARONNE ISABELLE

DE MONTOLIEU.

TOME XLVII.

Collection de Nouvelles.

TOME SIXIÈME.

IMPRIMERIE DE DANICOURT-HUET, A ORLÉANS.

J'étais en pleine jouissance du plus doux et du plus joli des songes.

Chasselat del.   Migneret sc.

CÉCILE DE RODECK,

OU LES REGRETS;

SUIVIE DE

ALICE,

OU LA SYLPHIDE;

NOUVELLES,

PAR Mme LA BARONNE

ISABELLE DE MONTOLIEU.

ORNÉ D'UNE FIGURE.

PARIS,

ARTHUS BERTRAND, LIBRAIRE,

Éditeur du Voyage autour du monde par le capitaine Duperrey,

RUE HAUTEFEUILLE, N° 23.

1829.

CÉCILE DE RODECK,

OU

LES REGRETS;

NOUVELLE

IMITÉE DE L'ALLEMAND, DE Mme CAROLINE PICHLER.

CÉCILE DE RODECK,

ou

LES REGRETS.

LETTRE PREMIÈRE.

LA COMTESSE CÉCILE DE RODECK A Mlle ERNESTINE
DE WENDEN.

Le moment décisif approche, chère Ernestine; mon fiancé, qui ne sera jamais mon
époux, est attendu d'un moment à l'autre;
on fait de grands préparatifs pour la réception
d'un homme qui n'a jamais quitté son château,
et qui sera en admiration de tout ce qu'il
verra. Pour moi, mon amie, quelque positive
que soit ma résolution de ne jamais lui donner
ma main, je n'en éprouve pas moins beaucoup d'inquiétude à la veille de déclarer à mon
père que je veux résister à sa volonté, et ce

n'est que dans mon attachement passionné pour Adlau, que je puis trouver le courage et la force dont j'ai besoin pour un moment aussi critique.

Il ne me reste qu'un souvenir bien vague de l'homme à qui je fus promise dès mon enfance, et que je n'ai pas revu depuis. Je me vois quelquefois en idée, et comme on se rappelle un songe, dans un des grands salons gothiques de son vieux châtel, perché sur une haute montagne, et n'ayant cependant d'autre vue que les épaisses forêts de noirs sapins qui l'entourent, jouant avec lui sur un des énormes fauteuils centenaires où reposaient ses aïeux, et qui nous servaient de théâtre. Ernest de Blankenwerth était, autant qu'il m'en souvient, un joli et bon enfant, avec qui je me disputais sans cesse, pour nous raccommoder l'instant d'après : maintenant c'est un campagnard dans toute la force du terme, bien rustre, bien lourd, qui n'a d'autre état que de soigner ses domaines, qui ne trouve de plaisir qu'à la chasse, ou dans le ridicule cérémonial qu'il exige de ses paysans. On le dit fort entiché de sa longue généalogie, très-vain de ses richesses, et bien décidé à passer toute sa vie

dans son manoir à demi écroulé, où ses nobles
aïeux ont vécu et sont enterrés.... Quelle perspective pour ta Cécile ! Mais la volonté de tes
parens ! mais un engagement aussi fort, aussi
ancien ! vas-tu me dire. Mais la volonté de ton
amie, mais un engagement que son cœur repousse, et qui ferait le malheur de sa vie ! te
répondrai-je. Je sais bien que je dois à mon
père de l'amour filial, de la reconnaissance,
que je n'oserais ni ne devrais contracter un
mariage contre son gré; mais je suis tout aussi
convaincue qu'il n'a pas le droit d'exiger de
moi que je me sacrifie à un arrangement de
famille, sur lequel je ne fus point consultée,
formé il y a près de quinze ans, lorsque Ernest
et moi nous ne savions pas encore ce que c'é-
tait qu'un engagement, et fondé sur la supposition bien hasardée qu'un jour nos caractères se conviendraient, ou plutôt sans avoir
aucun égard à nos caractères, à nos goûts,
à nos sentimens futurs, et seulement parce
que cette alliance convenait à nos familles;
non, Ernestine, un tel engagement ne peut
être regardé comme obligatoire. On m'assure cependant que le comte de Blankenwerth ne le voit pas du même œil que moi,

qu'il se croit lié pour la vie, et qu'il me
regarde comme sa propriété : j'en suis fâchée
pour lui, mais il est plus que probable que sa
confiance sera déçue. Si du moins, en nous
fiançant presque au berceau, on avait cherché
à nous élever l'un pour l'autre, à nous donner
les mêmes goûts, la même éducation, à nous
former de manière à pouvoir réaliser un
jour des rêves de bonheur et d'union ! Mais on
se borna à la cérémonie ridicule à notre âge
de joindre ensemble nos mains enfantines,
d'attacher à de petites chaînes d'or autour de
nos cous les anneaux nuptiaux que nous ne
pouvions porter au doigt, de nous apprendre
à nous appeler *mon petit mari et ma petite
femme*, à me nommer souvent même comtesse
de Blankenwerth ; et tout-à-coup, au lieu de
m'élever, comme les comtesses de Blankenwerth l'ont été de temps immémorial, pour la
vie de la campagne et des vieux châteaux, dès
que j'eus dix ans, mon père quitta le sien et
le voisinage de son ami, le père d'Ernest,
pour venir habiter la ville et me faire donner
une belle éducation qui m'était bien inutile
pour le genre de vie auquel on me destinait.
Au moins aurait-on dû en faire autant pour

mon futur époux; mais on le laissa dans ses forêts, tandis qu'on me conduisait dans le grand monde, sans songer quelle différence de goûts et de caractères on allait établir entre nous.

Au reste, mon plan est formé; tout dépend de savoir si je plairai ou non au comte de Blankenwerth; dans le dernier cas, notre lien se dissoudra facilement et de bonne amitié; il s'en retournera comme il sera venu, et me laissera libre d'écouter mon cœur et mon goût; mais si, par malheur, ou par son attachement opiniâtre pour tout ce qui tient au temps passé, il persiste à vouloir m'épouser, nous avons déjà pris nos mesures. J'aurais préféré y mettre plus de franchise, et dire tout uniment au comte que je ne pourrai jamais l'aimer, ni lui promettre de le rendre heureux; il faudrait que ce fût un homme bien peu délicat, bien méprisable, si, malgré cette déclaration, il eût insisté; mais Adlau m'a dissuadée de cette démarche, par de très-bonnes raisons; il craindrait que mon père ou Blankenwerth ne cherchassent à connaître les motifs de mon éloignement pour cette union, et qu'ils ne vinssent à découvrir la vérité, ce qui

pourrait nuire à mon mariage avec Adlau. Il
faut donc que la rupture soit amenée comme
par hasard, et sans qu'on puisse soupçonner
que nous y ayons donné lieu; c'est pourquoi
nous ne laissons pénétrer à personne le secret
de notre amour, et je suis bien sûre que pas
un de ceux qui m'entourent ne s'en doute. Dès
qu'une fois le dangereux rival sera reparti,
alors Adlau s'avancera; et mon père pourra-t-il
refuser ma main au plus aimable des hommes,
si avantageusement distingué par sa naissance,
par ses talens, par la faveur de son prince?
O mon ami, mon instituteur, que j'aime si
tendrement, à qui je dois ce que je suis, ce
que je me glorifie d'être, qui formas mon
esprit, et m'appris à connaître mon cœur,
cher Adlau, toi pour qui seul je veux vivre,
toi dont l'âme a conduit la mienne dans des
régions plus élevées, qui m'ouvris la route de
la vérité, tandis que le charme de ta conversation, ton esprit, ta séduisante figure, ton
attachement passionné, liaient mon cœur au
tien pour jamais; oh! quand viendra-t-il l'heureux moment où je pourrai avouer au monde
entier que le meilleur des hommes m'aime, et
que je le chéris!

Tu souris peut-être, Ernestine, en lisant ce que mon cœur me dicte! Peut-on avoir trop d'enthousiasme pour ce qui est vraiment beau, vraiment vertueux! tu es la seule confidente de mon sentiment, et mon cœur en est si plein!.... Si tu le connaissais, Ernestine, si tu l'entendais parler, si tu pouvais le voir au milieu des autres jeunes hommes, tu conviendrais qu'il les éclipse tous, qu'il doit l'emporter sur tous, tu ne sourirais plus de pitié de mon exaltation, tu n'exigerais plus, comme dans ta dernière lettre, que je combatte une inclination fondée sur la reconnaissance, sur tout ce qui est respectable aux âmes bien nées, pour me soumettre au joug d'une ancienne convenance de famille, pour conclure un mariage mal assorti, et traîner toute ma vie une chaîne insupportable, à côté d'un homme avec qui je ne puis avoir aucun rapport d'esprit ni de goûts. En général, ma chère Ernestine, tu tiens trop encore à tous les préjugés gothiques, à tout ce qui est ancien, et qui par cela seul te paraît respectable : que ce soit sage ou non, peu importe, tu te sens toujours un penchant à le défendre : c'est une maladie de ton esprit, d'ailleurs si clairvoyant.

Cela est-il juste et raisonnable? ne devons-
nous pas avant tout examiner si une chose ancienne est bonne en elle-même, et s'il est
utile qu'elle subsiste encore? crois-tu que les
arrangemens des familles de Rodeck et de
Blankenwerth puissent soutenir un pareil examen? Pardonne, mon amie, je sais que tu
m'aimes, que dans tout ce que tu me dis,
tout ce que tu blâmes en moi (comme par
exemple ce que tu appelles mon *incrédulité*,
et qui n'est qu'un doute raisonné sur certains
sujets), je sais, dis-je, que c'est toujours l'a-
mitié qui t'inspire; je ne l'oublierai jamais, et
mon plus grand bonheur serait de pouvoir te
prouver ma reconnaissance et suivre tes conseils; si je ne le puis pas cette fois, n'en aime
pas moins ta Cécile.

LETTRE II.

LA MÊME A LA MÊME.

Du 26 janvier.

Il est ici, tout-à-fait tel que je me l'étais représenté, peut-être même encore plus ridicule, et je m'empresse de te parler de mes espérances. Il y a quelques jours que nous avions du monde rassemblé chez nous pour la soirée; on était au jeu, lorsqu'on entendit tout-à-coup un vacarme effroyable dans l'antichambre : un homme parlait haut, des chiens aboyaient; la porte s'ouvrit avec fracas, et l'on vit entrer gauchement et lourdement un grand jeune homme vêtu d'un uniforme de chasse, autour duquel sautaient deux grands chiens couchans, suivis des nôtres, qui sont ordinairement auprès du chasseur dans l'antichambre; il entra donc en riant aux éclats de sa bruyante escorte. Tous les yeux se tournèrent du côté de cette singulière apparition; je devinai d'abord qui c'était, quoique sans le reconnaître du tout; l'enfant que j'avais quitté il y a dix ans était devenu un homme. Mon père le reconnut à sa ressemblance avec le sien, et s'avança vers lui avec beaucoup de joie; mais cependant avec une nuance d'embarras. Il se passa un moment avant qu'il pût se débarrasser de ses amis quadrupèdes; il y eut de grands éclats de rire et de bruyans accès de joie; ce ne fut qu'après être parvenu à les éloigner qu'on put tirer de lui une parole raisonnable. J'eus le temps de l'examiner avec attention pendant qu'il parlait à mon père. Ses formes sont presque colossales; mais sa taille et ses traits n'ont rien de désagréable ni de commun; c'est un vrai enfant de cette antique et noble Germanie, où c'est encore ainsi que je me représente les anciens paladins de France, les Roland, les Renaud. Ses yeux sont bleus, et ses cheveux, d'un beau blond doré, retombant en désordre sur son front, et réunis derrière en une tresse épaisse comme le bras : du reste, gauche, maladroit, et sans aucun usage du monde; enfin, un vrai campagnard dans toute l'étendue du terme. Mon

père le conduisit près de moi pour me le présenter; il me salua à peine, mais me regarda
beaucoup, avec un air très-déconcerté; il
bégaya quelques mots, d'un plaisir long-temps
attendu, d'attente surpassée, de souvenirs
d'enfance : tout ce qu'il me dit avait l'air d'un
beau compliment fait à l'avance par le maître
d'école de son village, appris par cœur, et
dont sa timidité lui faisait oublier la moitié.
J'eus de la peine à garder mon sérieux; mes
yeux cherchaient Adlau; je le vis appuyé dans
l'embrasure d'une fenêtre, je m'attendais à
un sourire moqueur; il avait au contraire l'air
triste et préoccupé; cela me troubla complétement. Le danger qui menaçait notre amour,
la funeste idée que je pourrais être forcée de
le sacrifier à ce jeune rustre, se présentèrent
à moi dans toute leur horreur, et dans ce moment j'éprouvai un repoussement invincible
pour Ernest. Je pus cependant me con-
traindre assez pour répondre poliment, mais
avec une froideur qui le déconcerta; il rougit
jusqu'au blanc des yeux, et il les fixait sur
moi d'un air étonné. On riait, on causait dans
le salon; peu à peu je pris part à la gaîté gé-
nérale; Blankenwerth resta toujours à côté de

moi sans me dire un seul mot; je ne pris pas
la peine de le mêler de la conversation, ni
même de lui adresser la parole. Deux jeunes
demoiselles un peu malignes l'entreprirent
enfin; elles se moquèrent de lui sans qu'il s'en
aperçût, et s'en amusèrent infiniment : pour
moi, depuis que j'avais remarqué l'air triste
d'Adlau, je n'avais nulle envie de rire. Quelqu'un proposa de danser; un des hommes prit
un violon, et Amélie de M... se mit au piano.
Mon campagnard poussa un grand cri de joie
et fit un saut, comme j'ai vu faire au village,
puis me présenta son immense main, en me
priant de danser avec lui; je n'osai pas le refuser; mais, ô ciel! Ernestine, quelle manière,
quelle danse, quel ton! Il chercha d'abord
pendant long-temps à se mettre en cadence,
en trépignant des deux pieds, et sautant gauchement sur l'un ou sur l'autre; enfin il passa
rudement un de ses bras autour de ma taille,
m'entraîna avec violence et comme un fou au
travers de la salle, me fit tourner, puis me
quitta pour danser seul devant moi, en frap-
pant ses mains l'une contre l'autre, et faisant
des sauts et des pas baroques : il ressemblait
parfaitement à un beau jeune paysan à moitié

ivre, dansant sous l'ormeau à la fête du village; il ne me lâcha pas tant que la musique
dura : Amélie, rieuse de son naturel, pouvait à peine toucher le piano à force de rire.
Tous les jeunes gens firent cercle autour de
nous, louant avec ironie son adresse et sa légèreté. Amélie vint lui demander de vouloir
bien aussi danser avec elle; il trouva cela très-
naturel; la musique recommença, et ce fut
moi qui me mis au piano à la place d'Amélie :
comme elle a long-temps habité la campagne,
elle connaissait à fond cette manière de danser, et imitait toutes ses figures bizarres; ils
nous donnèrent un spectacle qui fit mourir
de rire tout le monde, excepté celle qui avait
la triste perspective d'être sacrifiée à l'être
ridicule qui était l'objet de la moquerie gé-
nérale.

Lorsqu'il eut fini de danser, il vint se placer à mes côtés, et me suivit partout comme
mon ombre à chaque pas que je faisais, sans
oser cependant me dire un mot; enfin il s'a-
visa de me montrer, avec un sourire qu'il
croyait bien fin, un anneau d'or qu'il portait
à sa main gauche : je lui demandai ce que
cela voulait dire; il sourit de nouveau, et me

dit de deviner. Enfin, lorsqu'il vit que je ne
voulais ou ne pouvais pas comprendre, il le
tira de son doigt, et me montra dans l'intérieur un chiffre d'un C et d'un E entrelacés,
et une date qui m'expliquèrent que c'était
l'anneau qu'il avait reçu lorsqu'on nous avait
fiancés, et qui n'avait, me dit-il, plus quitté
sa main depuis qu'il avait pu l'y placer : « Ce
fut alors la volonté de nos parens, ajouta-t-il,
et aussi la mienne, et maintenant, maintenant..... je suis bien aise de l'avoir toujours
porté. » En disant cela il baisa l'anneau d'assez
bonne grâce, et le remit à son doigt. Je ne
savais pas si je devais rire ou me fâcher : il y
avait dans sa manière quelque chose qui
m'embarrassait ; je préférai ne rien dire. « Où
donc est le vôtre ? » reprit-il en s'emparant sans
cérémonie de mes mains, comme pour le
chercher. Je les retirai avec dépit : « Je l'ai
serré, dis-je, il serait ridicule de le porter
toujours. — Ridicule ! ridicule ! s'écria-t-il en
secouant la tête avec colère, je ne vois pas ce
qu'il y aurait de ridicule ; nous sommes fiancés
à la face de Dieu et de nos parens ; tout le
monde sait que vous devez être ma femme....
Ridicule ! de porter à votre doigt un nom qui

doit être le vôtre.» Sans attendre ma réponse,
il tourna brusquement le dos, et alla s'asseoir
dans un autre coin du salon. Dieu! quel
homme, pensai-je, et je serais sa femme, la
compagne de sa vie! non, cela est impossible!
Ce qui m'effrayait le plus, c'était l'assurance
avec laquelle il me regardait déjà comme sa
propriété, et la certitude que je venais d'ac-
quérir que j'avais le malheur de lui plaire...
Dans cet instant mes yeux se portèrent sur
Adlau, qui était assis, la tête appuyée sur sa
main, à côté du piano où Amélie jouait encore; il me semblait ne l'avoir jamais vu plus
beau, ni dans une attitude plus noble, plus
gracieuse, plus intéressante; il me rappelait
la gravure de Werther; j'aurais voulu me
précipiter vers lui, tomber dans ses bras, le
rassurer en lui faisant devant le monde entier
le serment de l'aimer toujours, et jouir de
voir son regard si expressif redevenir serein,
et ce beau front qui porte l'empreinte du génie
s'épanouir.... La prudence, la volonté d'Adlau lui-même, me firent une loi de réprimer
mes sentimens; il ne faut pas que qui que ce
soit soupçonne encore notre intelligence. Je
vois bien que c'est ce qu'il y a de plus sage

pour parvenir à notre but ; mais aussi, quand je suis aveuglément ses conseils, il ne devrait pas me rendre ce combat avec mon cœur aussi pénible, il ne devrait pas me laisser voir combien il souffre. Cependant j'ai l'espoir que notre plan, qu'il a si bien concerté, réussira. Il est fondé sur une connaissance parfaite du cœur humain, sur le caractère particulier de Blankenwerth, dont les traits principaux sont une dévotion exagérée et l'orgueil d'une grande naissance. Il se lève tous les matins avant le jour pour aller à la messe ; à côté de son lit est un crucifix, au milieu des portraits de son père et de sa mère. Tous les trois sont entourés de diamans ; c'est pour lui une espèce d'autel, devant lequel il fait matin et soir sa prière à genoux, à ce que m'a raconté notre vieille gouvernante, chargée de ranger son appartement ; ses armoiries se voient sur tous ses meubles et sur tous ses effets. Ses nobles et célèbres aïeux, le feld-maréchal, l'électeur, l'archevêque, le ministre d'état, reviennent avec tous leurs titres dans toutes ses conversations : du reste, il est, ainsi que je te l'ai dit, gauche, timide, embarrassé dans le grand monde, où il est complétement déplacé.

On ne peut donc pas se flatter d'éclairer par des raisonnemens ou des représentations un homme qui tient autant à de vieux préjugés et à d'anciennes habitudes; il faut, sans qu'il s'en doute, l'amener à renoncer à l'idée de m'épouser; il faut le convaincre que ce serait pour lui le plus grand des malheurs que de m'avoir pour femme; il faut qu'il prenne en horreur mes opinions et les sociétés de la capitale, tandis que j'insisterai fortement pour ne pas habiter la campagne; là-dessus je puis compter sur l'approbation et l'appui de mon père, qui, malgré son désir pour ce mariage, frémit à l'idée de se séparer de sa Cécile. Tu vois donc, ma chère amie, que tout est bien calculé, bien préparé. Tous les amis d'Adlau veulent contribuer à dégoûter son rival du séjour de la ville, et sont d'accord avec moi. Adlau lui-même ne doit point agir, pour ne pas éveiller les soupçons. Adieu, chère Ernestine, j'espère pouvoir te donner bientôt l'heureuse nouvelle que mon mariage est rompu.

LETTRE III.

LA MÊME A LA MÊME.

FÉLICITE-MOI, chère amie, je suis délivrée
de Blankenwerth, et le moment approche où
je pourrai avouer hautement mon amour
et mon admiration pour le meilleur des hommes, où je pourrai espérer d'être unie à
lui pour la vie : tout cela s'est arrangé aussi
facilement, aussi promptement qu'on devait
l'attendre d'un plan concerté par la prudence
de mon Adlau, et exécuté par son esprit.

Il y avait déjà quatre jours que Blankenwerth était arrivé sans qu'il eût encore osé parler à personne de la cause et du but de son
séjour ici ; je me gardais bien de l'encourager
à parler, et mon père ne paraissait pas fort
empressé de conclure une union qui devait
m'éloigner de lui, et où il trouvait lui-même

bien des côtés fâcheux ; mais on s'apercevait facilement que j'avais fait une impression très-vive sur Ernest. Malgré sa timidité et sa gaucherie, sa passion ne pouvait se cacher ; il me suivait partout, il avait l'air d'être au ciel quand il pouvait toucher un bout de ma robe, ou un ruban qui m'appartînt ; lorsqu'il avait pu s'en emparer, il restait immobile comme une statue, tenant à la main ce précieux gage, et le regardant avec tant de tendresse et de respect que j'étais combattue entre la pitié qu'il m'inspirait et l'envie de rire. Quelques jeunes gens, poussés par Adlau, se rapprochèrent de lui, et lui offrirent poliment de lui faire voir tout ce qu'il y a de remarquable dans la ville. Ils le menèrent au théâtre, dans des cafés, et cherchèrent sans qu'il s'en doutât à l'engager dans des affaires désagréables, dans des querelles de jeu ou de toute autre nature, dont il ne pouvait se tirer qu'avec désagrément : tous leurs efforts tendaient à le mettre en scène, de manière à faire ressortir sa gaucherie campagnarde, et à lui faire sentir ensuite les fâcheuses conséquences qui en résulteraient si je venais à l'apprendre.

Un soir, qu'entraîné par ses faux amis il avait

fait quelque sottise de ce genre, qu'ils étaient
venus me raconter, je résolus d'en profiter et
d'en parler le lendemain matin à mon père en
déjeûnant avec lui. Je le priai, sans faire men-
tion de l'antipathie qu'Ernest m'inspirait, ni
de mon inclination pour Adlau, de considérer
quelle sotte figure ferait le comte dans les sociétés de la ville; combien il serait cruel pour
moi d'avoir sans cesse à rougir des inepties de
mon époux, à trembler de me montrer avec
lui avant de l'avoir tout-à-fait métamorphosé,
ce qui me paraissait impossible, avec son esprit si rétréci par d'anciennes habitudes et par
son éducation, et quel sacrifice je ferais en
allant m'enterrer avec lui dans son antique
manoir, au milieu de ses paysans et de ses
baillis, ce que je préférais cependant, ajou-
tai-je, à la honte de le produire dans le monde.

Mon père parut réfléchir sur ce que je lui
disais; je vis que j'avais fait impression sur
lui; son amour paternel, la crainte de se séparer de moi, peut-être celle d'avoir un gendre
aussi rustre, tout se réunissait en ma faveur
dans son esprit : il me dit bien quelques
mots sur le respect qu'on devait à une parole
donnée , sur l'immense fortune de Blanken-

werth, sur sa bonté, sur son amour pour moi;
sur la facilité que je trouverais à le conduire :
mais il n'insista pas, et, sans me donner une
réponse positive, il ne détruisit pas tout-à-fait
non plus mes espérances; c'était avoir déjà
beaucoup gagné. Cependant le timide amoureux se rapprochait un peu plus; il hasardait
quelques phrases, et je voyais venir avec émotion le moment décisif.

Un jour qu'il était assis de l'autre côté de
ma table à ouvrage, avec l'air fort embarrassé, et comme s'il cherchait la meilleure
manière de se déclarer, un heureux hasard
fit tomber sous sa main un livre que je lisais
lorsqu'il était entré, c'était un volume de
Voltaire; il l'ouvrit, et tomba sur la *Lettre à
Uranie*. Je croyais à peine qu'il sût le français,
et moins encore qu'il eût la curiosité de lire
des vers en cette langue : mais il l'eut; je remarquai que sa curiosité était excitée, il me
demanda la permission de lire cette pièce dès
le commencement; j'y consentis très-volon-
tiers, en l'assurant qu'elle ne lui plairait pas.
Il lut avec une grande attention, j'en mettais
aussi beaucoup à regarder ce qui se passait sur
sa physionomie, où se peignaient alternati-

vement le blâme, l'indignation et la pitié; il
tomba enfin sur un morceau qui le mit en fureur; il jeta le livre, et me demanda en
très-bon français et très-sérieusement si j'a-
vais lu beaucoup de livres pareils à celui-là.
Je répondis que oui... « Et les lisez-vous avec
plaisir, reprit-il, ou seulement pour voir à
quelles erreurs l'esprit humain, quand il n'est
plus guidé par la droite raison, peut se laisser
entraîner? — L'un et l'autre, répondis-je en
souriant; il est en effet très-instructif de connaître les erreurs et les folies dans lesquelles la
superstition et le fanatisme peuvent entraîner
les hommes. » Il me comprit; son visage devint
rouge comme le feu; il mordait ses lèvres,
mais il n'avait pas le courage d'entamer une
discussion théologique avec moi..... « S'il en
est ainsi, dit il enfin après une longue pause,
pendant laquelle il avait tourné vivement et
avec beaucoup d'émotion le fatal livre entre
ses mains, s'il en est ainsi, mademoiselle, si
vous avez de telles opinions, si votre esprit et
votre cœur.... » Il se tut encore; puis, après
quelques minutes, il se leva avec véhémence,
me salua sans rien dire, et sortit. Depuis je
m'aperçus qu'il commençait à m'éviter, et

qu'il lui en coûtait beaucoup. Le combat entre son inclination pour moi et l'horreur que
lui inspiraient mes principes était visible, et il
lui donnait même souvent un air tout-à-fait
ridicule.

Ce fut précisément alors que mon père
trouva convenable de lui parler du projet de
mariage, puisque lui-même n'en parlait pas;
mon père lui déclara positivement qu'il ne
consentirait jamais à se séparer entièrement
de son seul enfant, et qu'il exigeait que je
passasse la plus grande partie de l'année auprès de lui à la ville. Cette résolution mit Ernest au désespoir; il avait compté sans doute
sur l'influence de la vie de campagne, de la
solitude, et sur l'effet de son exemple et de
ses conversations pieuses, pour me convertir.

Une aventure préparée par les amis d'Adlau
mit enfin le comble à son mécontentement,
et me délivra du danger dont j'étais menacée.
Ils l'avaient entraîné, sans qu'il sût où on le
menait, dans quelques sociétés de jeunes liber-
tins et dans des maisons de jeu; il ne leur fut
cependant pas possible de l'amener à jouer
aux jeux de hasard, malgré leurs sollicitations; ils avaient même de la peine à l'engager

à regarder jouer. C'était un pharaon : un jeune
étranger, qui avait l'air assez neuf, perdait
beaucoup, et finit par se mettre en colère. Il
s'éleva une dispute très-vive, dans laquelle le
jeune homme, soit qu'il eût aperçu quelque
chose d'équivoque, soit qu'il fût entraîné par
son courroux, dit au banquier qu'il ne jouait
pas de bon jeu. A ce mot le tumulte devint
général. Tous les joueurs prirent parti pour le
banquier, qui demandait avec fureur satisfaction; et le jeune étranger, abandonné de tous,
peut-être timide par caractère, témoigna une
peur affreuse. Ernest, en vrai chevalier sou-
tien des faibles et réparateur des torts, prit
fait et cause pour lui, et se déclara son protecteur. Le banquier, qui avait remarqué les
craintes de son adversaire, s'en prévalait, le
provoquait par des propos offensans, et finit
par lui demander positivement de se battre
en duel. Le pauvre jeune homme, qui débutait
dans le monde, et ne s'était battu de sa vie,
se crut déjà tué, et n'avait pas même la force
de proférer une syllabe, lorsque le comte de
Blankenwerth, indigné contre le banquier,
s'avança, dit que s'étant intéressé au jeu et à
la perte du jeune homme, il prenait pour son

compte tout ce qui s'était dit contre lui, et
qu'il acceptait le duel pour l'étranger. Personne ne s'y attendait; le banquier, intimidé
à son tour par sa haute taille et son air mar-
tial, pâlit. On chercha à arranger l'affaire,
mais Ernest soutint son rôle de chevalier, ne
se dédit point de ce qu'il avait avancé, et
quitta le salon en donnant son adresse au banquier, et lui disant que son défi étant accep-
té, il ne pouvait plus reculer : il arriva à la
maison, rouge de colère, s'enferma dans sa
chambre, et ne parut point à souper. Il passa
toute la matinée du lendemain à écrire, et vint
ensuite dîner d'un air très-calme, mais plus sérieux qu'à l'ordinaire; il fut avec moi plus
ouvert et plus amical qu'il ne l'avait été depuis la scène sur Voltaire : il y avait dans toute
sa manière une franchise un peu gauche peut-
être, mais qui ne me déplaisait pas tout-à-fait.
Après le dîner il pria mon père de lui accorder
un moment d'entretien particulier. Ils rentrè-
rent au bout d'une demi-heure, mon père avec
un visage inquiet et altéré, Ernest avec l'air le
plus serein. Mon père ressortit d'abord; nous
restâmes seuls, et je vis bien qu'il avait quelque chose sur le cœur qu'il n'osait me dire.

Pour le tirer d'embarras, je lui demandai amicalement ce qui le préoccupait, et s'il avait
quelque chagrin. Alors le torrent si long-temps
retenu se répandit avec abondance; il saisit
mes mains avec la plus vive émotion, et me fit
avec une voix tremblante, et le visage en feu,
l'aveu de son amour *passionné, inexprimable*,
pour la très - ingrate Cécile; mais il ajouta
qu'ayant eu le jour précédent le malheur de
s'engager dans une affaire d'honneur, il n'exi-
sterait peut-être plus le lendemain. J'en fus
vraiment effrayée, et tout-à-fait indisposée
contre cette manière de l'éloigner, à laquelle
je ne m'attendais pas du tout; il vit mon émotion, et pressa mes mains contre sa poitrine,
comme pour m'en remercier. Il fut un moment avant de pouvoir se remettre; alors il
me raconta en peu de mots l'histoire de la
veille, et il ajouta qu'il désirait ardemment de
pouvoir m'envisager comme sa femme, ou
plutôt comme sa veuve, et de m'en donner les
avantages dans ses dernières volontés, et que
c'était dans cette intention qu'il me propo-
sait, si je pouvais m'y résoudre, de former
dans le jour même l'union qui avait été de
tout temps le vœu de nos parens, et qui était

aussi le plus ardent des siens. En même temps il me remit son testament; je ne le lus pas, mais mon père, à qui il l'avait montré, m'a dit depuis qu'il m'y assurait un douaire digne d'une princesse. J'avoue que cette conduite me toucha, mais pas au point cependant de me faire consentir à ce qu'il me demandait; je désirais moi-même, et très-vivement, je t'assure, que l'issue du combat ne fût pas fatale pour lui; mais je désirais aussi de ne pas être sa femme pendant une longue vie. Je lui répondis donc que je n'avais pas assez approfondi mes sentimens, et qu'il m'était impossible de prendre aussi vite mon parti dans une circonstance aussi importante; que d'ailleurs cela n'était pas si pressé, et que j'espérais que la triste catastrophe qu'il prévoyait n'aurait pas lieu de bien longtemps : je lui rendis son testament; il eut l'air consterné, mais plutôt affligé qu'offensé, et garda quelques momens le silence en paraissant réfléchir. Enfin, il me pria de l'écouter encore quelques instans, qu'il avait à me dire quelque chose de bien plus important que ce qui ne concernait que son propre bonheur : ce préambule excita ma curiosité, et nous nous rassîmes. Toute cette scène avait

quelque chose de solennel, qui me donnait un
certain embarras; il paraissait en avoir aussi,
et ne savait par où commencer : je tâchai de
le mettre à son aise. Enfin, il commença, et
se mit en train, à mon grand étonnement, de
me faire un sermon comme un prédicateur,
suivi d'une foule de questions, dans le genre
de celles du catéchisme, sur mes opinions religieuses; il me manifesta les craintes les plus
vives sur le salut de mon âme, si je continuais
la lecture de livres tels que celui qu'il avait
trouvé chez moi, et si ma façon de penser
était conforme aux principes qu'il contenait.
J'étais surprise plutôt de sa hardiesse d'oser
me parler sur ce ton que des opinions qu'il
manifestait : je ne le lui cachai pas; il rougit,
se tut avec une expression de dépit, se leva
brusquement de son siége, fit quelques tours
dans la chambre avec vivacité, revint s'asseoir auprès de moi, et recommença à me
parler. «Mademoiselle, me dit-il, vous me pa-
raissez courroucée; j'en suis fâché, il n'y a
personne au monde qui eût moins désiré que
moi de vous parler sur ce sujet. » Ces mots furent accompagnés d'un soupir à moitié étouffé
et d'un regard douloureux. Après un court si-

lence, il reprit : «Mais ce sujet est trop sérieux,
trop important, pour qu'il m'ait été possible
de me taire. Je suis à la porte de l'éternité,
peut-être demain à cette heure ne serai-je plus
de ce monde. Je vous aime, Cécile, plus que
je ne puis l'exprimer, je vous adore! Vous,
vous ne m'aimez pas, vous ne voulez pas être
ma compagne; je le vois à tous vos propos,
à toutes vos actions; mais au moins écoutez-
moi, et ne vous fâchez pas. Que je vive ou
que je meure, que j'obtienne ou non votre
main, je voudrais vous savoir heureuse, bien
heureuse, et dans cette courte vie et pour l'éternité; c'est le vœu le plus ardent de mon cœur :
mais croyez-moi, croyez un homme qui pa-
raîtra peut-être demain devant le trône du
Tout-Puissant, et qui ne cessera de prier pour
votre bonheur, non, vous ne serez jamais heureuse, vous ne pouvez l'être avec vos principes. Ce que vous prenez à présent pour une
froide conviction, pour le repos de votre
âme, n'est qu'une vaine apparence, une funeste erreur, qui doit nécessairement vous
rendre malheureuse dès ici-bas, et plus encore là-haut, et éternellement. Grand Dieu!
pour l'éternité... pensez-y, chère Cécile!» A ces

mots, ce singulier jeune homme se précipite
à mes pieds, en me conjurant de retourner
dans le sein de l'église, et de renoncer à des
principes et à des lectures qui sont, disait-il,
l'œuvre du démon. Ces discours n'ébranlèrent
point ma conviction; cependant ils me tou-
chèrent, en me prouvant le tendre intérêt que
prenait à moi cet homme si mal élevé, mais
dont le cœur doit être excellent, puisqu'il me
pardonne mes dédains. Je ne pus m'empêcher
de lui serrer doucement la main, en le priant
avec un sourire de ne point s'inquiéter du salut
de mon âme; il sentit ce léger mouvement,
pencha son visage sur mes deux mains, les
baisa avec feu, et continua à genoux de me
presser de recevoir sa main, et d'adopter ses
principes. Il y mettait une telle chaleur que,
ne sachant que lui dire, j'étais sur le point de
lui donner une de ces réponses vagues, avec lesquelles on évite une décision positive, lorsque
tout-à-coup il me vint dans l'idée que, puisque
je ne voulais pas l'épouser, le meilleur moyen
pour l'éloigner tout-à-fait de moi et rompre à
jamais ce projet était de le convaincre qu'en
effet nos opinions réciproques étaient trop
différentes et trop fermes pour pouvoir jamais

se rapprocher. Je lui déclarai donc tout franchement que je n'avais pas adopté mes principes sans réflexion, et que je n'y renoncerais jamais. «Voilà donc votre dernier mot?» me dit-il; et lâchant ma main, qu'il avait jusqu'alors retenue dans les siennes, et arrêtant sur moi un regard fixe et sombre : «Vous convenez donc que vous n'êtes pas chrétienne, vous voulez persister?....» Je l'interrompis. «Laissons cet entretien, monsieur, je ne crois vous devoir aucun compte de mes opinions religieuses; jamais nous ne serons d'accord, et.... — Non, non, jamais, s'écria-t-il en se levant vivement, grâces au ciel, ma foi est trop bien affermie. Adieu, jamais nous ne nous reverrons.» Il se précipita hors de la chambre. J'étais dans un état singulier; je fus sur le point de le rappeler, sans savoir positivement ce que je voulais lui dire. Heureusement Adlau entra à l'instant même; je lui racontai ce qui venait de se passer; son esprit si juste, si pénétrant, apaisa bientôt les combats qui se passaient dans mon âme, en me montrant combien j'étais en contradiction avec moi-même, et combien un heureux hasard m'avait servie en me procurant ce qu'il appelait ma délivrance, sans me

donner aucun tort vis-à-vis de mon père : je
fus bientôt calmée, il me promit aussi, avec la
noblesse et le tact qui le caractérisent, de faire
tout son possible pour prévenir le duel.

Il se rendit tout de suite chez mon père,
qui, de son côté, avait fait des démarches à
ce sujet. On dénonça toute l'affaire au ministre de la police; Blankenwerth reçut les ar-
rêts chez lui, ce qui le mit en fureur; il voulait absolument les rompre et se trouver au
rendez-vous; mais on engagea facilement son
lâche adversaire à se rendre chez lui, et à
terminer l'affaire à l'amiable. Je ne vis plus
Ernest; il avait fait commander des chevaux
de poste au moment où cet homme le quitta;
il alla prendre congé de mon père, et lui dit
qu'il ne croyait pas pouvoir me rendre heureuse, qu'il détestait le séjour de la ville, et
ne pouvait se résoudre à l'habiter. Ils se dé-
gagèrent mutuellement de leur parole, et il
partit tout de suite.

Voilà donc l'orage qui grondait sur ma tête
d'une manière aussi menaçante complétement
dissipé; je suis libre, mais ce ne sera pas
pour long-temps. Bientôt viendra l'heureux
jour où je ferai avec plaisir et bonheur le

sacrifice de cette liberté au plus aimable, au plus aimé des hommes, à celui qui mérite le plus de l'être, par la réunion de tout ce qui peut et doit attacher. Adieu, mon Ernestine.

꧁꧂

Les vœux de Cécile furent comblés peu de temps après le départ du comte de Blankenwerth; son père prit son parti sur la rupture d'un mariage qui l'aurait privé de sa fille chérie. Le baron d'Adlau se rapprocha de lui, et fit publiquement sa cour à la jeune comtesse : sa naissance, ses avantages extérieurs, son esprit, le rang important auquel ses talens l'avaient déjà élevé, la perspective brillante qui s'ouvrait devant lui pour l'avenir, son amour et la préférence de Cécile, firent passer plus facilement le comte de Rodeck sur la médiocrité de sa fortune actuelle; il consentit à lui donner sa fille; et l'union bien assortie aux yeux du monde de la belle et spirituelle Cécile avec le beau, l'aimable Adlau, fut longtemps le sujet des conversations et de l'envie des jeunes gens à marier. Le baron d'Adlau était le meilleur danseur, le plus charmant

musicien de toutes les sociétés, en un mot,
l'âme des bals et des concerts; on vantait ses
talens en tout genre, et toutes les jeunes demoiselles trouvaient Cécile la plus heureuse
des femmes. Cecile était belle et brillante,
dansait et chantait aussi bien que son mari,
animait tout dès qu'elle paraissait, avait de
plus une dot très-considérable, et tous les
jeunes gens trouvaient Adlau le plus heureux des maris. Il aimait le faste, la magnificence; il avait la manie d'éclipser tous ses
égaux. Il acheta un superbe hôtel qu'il fit
meubler dans le dernier goût : c'était déjà le
sien qui réglait celui de la capitale, dont il
était l'oracle; rien n'était bien si le baron
d'Adlau ne l'avait pas approuvé; il était l'homme du jour et le régulateur de la mode; il
surpassa dans ses appartemens tout ce dont
on avait l'idée. Lorsque tout fut arrangé, il
conduisit avec orgueil sa jeune et belle épouse
dans ce temple de l'élégance, et donna une
fête magnifique pour faire voir à toute la noblesse de la ville ce que c'était que le bon
goût. Il monta sa maison sur le pied le plus
splendide; les plaisirs se succédaient sans in-
terruption, Cécile était dans l'ivresse du bon-

heur et de l'engoûment. Sa maison devint le rassemblement de tout ce qui avait des prétentions au bon ton et à l'esprit; tous les étrangers marquans, tous les savans, tous les artistes renommés s'y rencontraient. La belle baronne était l'âme et la divinité de toutes les fêtes; elle recevait avec l'accueil le plus flatteur l'encens des louanges et des hommages. Comme c'était son mari qui avait formé son jeune cœur d'après ses principes, et développé son esprit, elle rapportait à lui ses brillans succès et l'en aimait davantage. La belle figure du baron, ses talens variés, les grâces avec lesquelles il faisait les honneurs de chez lui, nourrissaient son enchantement; elle le voyait comme un dieu protecteur qui l'avait préservée du malheur, et la rendait la plus heureuse des femmes. Elle comparait ce genre de vie si brillant, si animé, où chaque instant était marqué par un plaisir ou par un triomphe, avec l'ennui mortel du triste château de Blankenwerth, et se félicitait tous les jours davantage d'avoir eu le courage de l'éviter. Elle n'entendait plus parler d'Ernest, et n'apprit que par hasard qu'il était parti pour voyager dans les contrées les plus remarquables de l'Europe.

C'est ainsi que se passa la première année du mariage de Cécile ; mais la seconde n'était pas écoulée qu'elle avait déjà éprouvé plus d'une fois que le plaisir continuel et l'étourdissement ne sont pas le bonheur. Le sien était troublé par un vif désir d'avoir des enfans, qui ne se réalisait pas, et par des craintes sur son père, dont la santé déclinait visiblement. Elle avait aussi quelquefois une idée vague que son mari ne l'aimait pas autant qu'elle l'avait cru : il était avec elle plus galant que tendre ; elle commençait à craindre que son amour n'eût été plus calculé que passionné ; elle ne pouvait se dissimuler qu'il pensait bien plus à jouir de la belle fortune qu'elle lui avait apportée qu'il ne pensait au bonheur de la devoir à une femme adorée. Dans le monde il était toujours le plus gai, le plus aimable du cercle, et témoignait à Cécile beaucoup d'égards ; mais, dans le tête-à-tête, il avait l'air fatigué, ennuyé, et ne se ranimait qu'en parlant de la fête de la veille ou de celle du lendemain.

Dans le nombre des hommages que la belle baronne d'Adlau recevait généralement, il y en eut de plus particuliers, de plus marqués,

et qui auraient dû inquiéter un époux encore
amant, d'autant plus que dans ce seul but elle
y mit un peu de coquetterie; Adlau, loin d'en
prendre aucun ombrage, reçut mieux encore
les adorateurs de sa femme, la plaisanta sur
ses conquêtes, et ce ne fut pas toujours avec
la délicatesse qu'elle aurait attendue de lui. Si
sa tranquillité avait été une suite de son estime
et de sa confiance, elle en aurait été très-
flattée; mais il lui parut qu'elle tenait plutôt
à la vanité, à l'indifférence, et surtout à la
légèreté de ses principes. « Il lui laissait (lui
« disait-il en riant) une liberté qu'il récla-
« mait aussi pour lui-même; la chaîne du
« mariage ne pouvait être trop allégée, tout
« devant finir avec cette vie; le seul devoir
« de l'homme était de la passer aussi agréa-
« blement qu'il lui était possible; tout ce qui
« ajoutait à ses plaisirs et à ses jouissances lui
« était permis par la loi de la nature, la
« seule qu'il eût à suivre. Ainsi donc, ma
« chère Cécile, si (comme il le paraît) ces
« hommages vous plaisent et vous amusent,
« rien ne vous oblige à les repousser, et le
« jeune baron de Hagen, le plus empressé de
« vos admirateurs, ayant du crédit par son

« beau-frère, le premier ministre de Reinau,
« vous ferez très-bien de le ménager. »

Cécile se tut et soupira, en se promettant
bien de ne pas suivre un indigne conseil dicté
par l'indifférence sur ses sentimens et l'ambition la plus insatiable. Mais était-ce bien Adlau, cette idole de son cœur, qui pouvait le
lui donner ! Sa surprise l'emportait encore sur
son indignation : elle croyait avoir mal compris : son jeune cœur avait plutôt été séduit
que son esprit. Adlau avait pris aisément sur
cette jeune personne l'ascendant que devaient
lui donner ses avantages extérieurs, son expérience avec les femmes, et un caractère adroit,
insinuant et sans aucune morale; il s'était
donné l'apparence d'une forte passion et de
toutes les vertus : elle n'avait pu s'imaginer
qu'un être aussi parfait, aussi supérieur, pût
se tromper ni la tromper. Le seul moyen de
se rendre digne de lui était, à ce qu'il lui
paraissait, de le prendre pour son guide, et
d'adopter tous ses principes sans se permettre
une réflexion ou une objection; à présent
qu'elle en voit les funestes conséquences, et
qu'elle l'entend parler aussi légèrement d'un
lien auquel elle avait attaché la gloire et le

bonheur de sa vie entière, elle frémit et ne
sait plus que penser. Cependant, accoutumée
à regarder les paroles de son mari comme des
oracles, à n'avoir d'autre idée, d'autre opinion que celles qu'il lui inspirait, elle n'osa
pas les combattre, lors même que son esprit
et son cœur les repoussaient : aussi, malgré
cet éclair de lumière qui s'offrit à sa raison,
elle n'en eût pas moins été perdue avec un tel
guide, si une circonstance cruelle, mais salutaire par ses effets, ne l'eût pas retirée, pour
quelque temps, des piéges dont elle était entourée.

Le comte de Rodeck, qui languissait depuis long-temps, tomba dangereusement malade. Malgré toutes les railleries d'Adlau sur
l'amour filial, qui n'existe, disait-il, que dans
l'imagination, et doit finir quand on n'a plus
besoin de ses parens, Cécile sentit encore vivement que son époux avait tort; et cet amour
qui existait vraiment dans son cœur lui donna
la force d'agir cette fois d'après ce que lui
dictait son sentiment. Les représentations de
son mari contre l'inconvenance de quitter le
monde échouèrent devant le plus saint des
devoirs; elle se dévoua à soigner son père,

qui mourut dans ses bras, croyant la laisser
la plus heureuse des femmes, et s'applaudis-
sant d'y avoir contribué par son consentement.
Cette perte, à laquelle elle devait s'attendre,
la frappa et l'affligea profondément. Le comte
de Rodeck avait conservé ses vieilles idées religieuses; elles adoucirent ses derniers momens, et lui donnèrent un calme, une sérénité que sa fille enviait, ainsi que cette foi
consolante qu'on lui avait ôtée. Adlau put à
peine prendre sur lui d'observer les bien-
séances des premières semaines de deuil, et
d'interrompre le cours de ses plaisirs. Au lieu
de partager la douleur de sa femme, il la tournait en dérision, et lui reprochait l'ennui de
sa tristesse; il calculait avec satisfaction l'hé-
ritage de son beau-père, formait des projets
plus étendus de fêtes et de dépense, et bles-
sait jusqu'au vif le cœur de Cécile par son
affreux système d'incrédulité. Elle ne pouvait
supporter l'idée que ce père si bon, si religieux, fût anéanti pour jamais. Sa mort la
laissait dans une dépendance absolue de son
mari, sans autre appui, sans autre protection, et déjà elle sentait qu'elle pourrait en
avoir besoin. Il lui eût été doux de pouvoir

imaginer que son père veillait encore sur elle
du séjour de l'éternelle félicité ; mais dès
qu'elle hasardait un mot là-dessus, ne fût-ce
même que le regret de ne pouvoir l'espérer,
Adlau l'accablait de railleries, et d'une foule
de raisonnemens, spécieux en apparence,
qu'elle avait si long-temps écoutés avec admiration, et auxquels elle ne savait plus que répondre. Elle sortait de ses pénibles entretiens,
plus incertaine, plus triste, et ne sachant ce
qu'elle devait adopter ou rejeter, entraînée
tour-à-tour par un sentiment inconnu qui parlait à son cœur, et par les sophismes avec
lesquels on égarait son esprit. Elle crut échapper à ce combat pénible, en se replongeant
dans les distractions du grand monde ; elle
céda aux sollicitations de son mari et à son
propre désir, et reparut, mais non pas avec
un nouvel éclat. La première année de son
deuil n'était pas expirée, et son maintien sérieux, réfléchi, était d'accord avec ses sombres vêtemens. Cette gaîté soutenue, cette
aimable vivacité, qui naguères la faisaient rechercher et la rendaient si séduisante, avaient
fait place à un fonds de tristesse qui perçait
à travers ses efforts pour la dissiper ou la

cacher. Cette disposition augmenta au bout
de quelques semaines, et devint presque de la
mélancolie : souvent on remarquait dans ses
yeux, autrefois si brillans, si animés, des
traces de larmes; ses joues n'étaient plus ni
aussi rondes ni aussi fraîches. Elle semblait
ne prendre part à aucun plaisir, et restait ab-
sorbée au milieu de la foule, comme si elle
eût été seule. Adlau l'attribuait ou feignait de
l'attribuer aux regrets de la mort de son père,
et tournait ce sentiment en ridicule : du reste
il avait peu le loisir de s'apercevoir de la tristesse de sa femme; il avait pris un vol plus
élevé. Depuis long-temps il était le favori du
premier ministre, à qui il faisait une cour as-
sidue, et plus encore à la comtesse de Reinau.
Jeune, belle, fière de sa position et de tous
ses avantages, il ne lui manquait que la conquête du charmant Adlau. Elle obtint et ré-
compensa ses hommages en amie zélée : elle
le fit monter rapidement de grade en grade
jusqu'à celui de président d'un des départe-
mens les plus considérables, avec le titre
d'excellence : c'était le but de tous ses désirs.
Il exigea despotiquement de la triste Cécile
qu'elle augmentât son train de maison, et

reçut avec magnificence les félicitations de la
cour et de la ville, sur le poste éminent où il
avait été nommé, et sur le titre d'excellence
qu'elle partageait avec lui; mais ni ce titre,
ni les adulations, ni l'éclat dont elle était entourée, ni rien en un mot de ce qui peut flatter
une jeune femme, ne parut faire la moindre
impression sur elle : sa mélancolie augmentait
au contraire visiblement. L'arrivée de son
amie Ernestine, qui vivait dans une province
éloignée, et qui, frappée du ton de tristesse
qui régnait dans ses lettres, vint lui faire une
visite, causa à peine une diversion momen-
tanée à ses chagrins. Après quelques semaines,
Ernestine fut obligée de repartir; elle la laissa
en apparence un peu mieux, mais peu de
temps après Cécile retomba dans un état de
langueur et de dépérissement qui devenait alar-
mant, et qui força son mari de s'en occuper.
On consulta les médecins, qui lui ordonnè-
rent l'air de la campagne.

La comtesse de Reinau accablait depuis
quelque temps Cécile de démonstrations d'a-
mitié et d'intérêt, quoiqu'elles fussent reçues
avec beaucoup de froideur. Elle lui proposa
d'aller avec elle habiter une de ses terres située

à peu de distance des montagnes, et dans un air réputé très-sain. Cécile refusa d'abord avec fermeté cette proposition. Adlau insista plus fortement encore pour qu'elle fût acceptée; Cécile céda, et partit avec son époux pour s'y rendre. Depuis long-temps elle n'avait pas écrit à Ernestine; huit jours après, son amie reçut la lettre suivante.

LETTRE IV.

———

Elfingen, 18 juillet.

Je ne t'ai pas écrit depuis bien du temps, chère Ernestine; mon état d'abattement ne m'en laissait pas la force, et j'avais moins encore au moral celle de t'affliger de ma tristesse. A présent j'éprouve un vif désir de m'entretenir avec mon amie, avec la seule personne au monde qui puisse m'entendre. Je date ma lettre d'un lieu d'où tu ne t'attendais guère d'en recevoir de ta Cécile : oui, tes yeux ne te trompent pas, c'est bien Elfingen; et je suis établie chez celle que depuis un an et demi je regarde comme ma mortelle ennemie, et comme la cause de toutes mes peines. Tu vas t'imaginer que ma position a changé, qu'elle est devenue meilleure; hélas! non : c'est

exactement la même chose; rien ne change dans
mon sort que ma manière de l'envisager. Le
temps habitue à tout; et les pauvres créatures
humaines, ces jouets du destin, apprennent à
supporter toutes les circonstances même les
plus fâcheuses. Lorsque, quelque temps après
la mort de mon père, je fis la triste découverte
de la liaison qui s'était formée entre mon mari
et cette femme orgueilleuse et fausse, je fus,
je l'avoue, atterrée, et j'éprouvai dans toute
leur force les tourmens de la jalousie. Dieu !
que cet état est cruel ! il se compose de mille
et mille supplices sans cesse renaissans, et
l'âme est vraiment à la torture... Voir celui
qu'on adore se détacher complétement et
transmettre à une étrangère tous les sentimens
qui faisaient votre bonheur; ne plus compter
pour rien dans le sien; avoir l'affreuse et
continuelle pensée que votre douleur, loin
de le toucher, l'éloigne de plus en plus, et
qu'il n'est heureux que séparé de vous !.....
voilà de quoi briser le cœur..... Juge ce
que doit souffrir l'infortunée qui joint à ces
tourmens celui d'aimer davantage, celui de
trouver plus précieux encore le bien qu'elle
a perdu.

Pendant que mon mari était au spectacle dans la loge de la comtesse de Reinau, ou en tête-à-tête avec elle dans son boudoir, j'étais obligée de faire avec un cœur déchiré les honneurs de ma maison à une société nombreuse, de paraître gaie, sereine, quand je souffrais mille morts. Tout l'édifice de mon bonheur illusoire était écroulé; il était fondé sur l'amour de celui que j'avais préféré; je l'avais perdu, et je devins profondément malheureuse. Ah! comme j'aurais voulu être à côté de mon père! comme je lui enviais la paix du tombeau! C'est ainsi que j'ai passé toute une année dans un état que je ne souhaiterais pas à mon plus grand ennemi. Cependant aucune plainte ne sortit de ma bouche, tu le sais, Ernestine, même avec toi, pour qui jamais je n'eus rien de caché; je gardai le silence sur la cause de la profonde tristesse qui perçait dans mes lettres. Ta tendre sollicitude s'en alarma, et t'amena près de moi. Tu fus frappée de mon changement: le chagrin qui minait ma vie était trop violent pour ne pas laisser de traces. Mes longues nuits sans sommeil, mes jours sans repos, avaient enfin détruit ma santé: je dépérissais à vue d'œil, et j'étais désespérée de ne pouvoir plus cacher mon malheur; mais celui qui le causait n'avait pas l'air de s'en apercevoir. Tu m'arrachas enfin mon secret; je versai dans ton sein des larmes qui me soulagèrent : alors je pouvais pleurer, car je croyais que ce que j'avais perdu était le bonheur; je croyais encore qu'Adlau m'avait passionnément aimée, et j'accusais les artifices de cette femme de m'avoir enlevé son cœur et ses affections. Tu flattas cette idée, tu ranimas mes espérances; tu me conseillas d'opposer à ces artifices tendresse et sincérité, et puisque je ne pouvais plus cacher à mon mari les cruels effets de ma douleur, de la lui confier en entier comme à un ami, et sans lui faire aucun reproche, mais en lui laissant voir combien son changement m'affectait : « Ce serait un tigre, me dis-tu, s'il n'en était pas touché. » Ernestine, il ne l'a pas été... Tu me laissas un peu moins malheureuse; mais ce ne fut pas pour long-temps. Peu de jours après ton départ, j'eus avec lui cet entretien qui devait décider de mon sort. Je lui ouvris mon cœur tout entier; je lui dis toutes mes souffrances, mais sans y mettre la moindre aigreur, et prête à tout

oublier, s'il me donnait seulement l'espoir de
me rendre son affection ; je le lui demandai
avec instance, en le conjurant de me dire
par quel moyen je pourrais la retrouver ainsi
que la vie... Le croirais-tu, Ernestine, il me
répondit avec la plus insultante ironie, sans
rien nier, sans s'excuser, sans me donner le
moindre espoir de revenir à moi ! « Il était
sans exemple, dit-il, qu'après deux ans de
mariage un mari fût encore amoureux de sa
femme ; les autres n'étaient pas plus fidèles
que lui ; et la vengeance m'était si facile !....
Vous n'avez pas voulu, ajouta-t-il, encourager
les avances du frère. J'en ai fait à la sœur, qui
m'ont trop bien réussi pour que vous puissiez
vous en plaindre. Allons, Cécile, soyez raisonnable : j'ai cru épouser une femme forte,
une philosophe au-dessus des préjugés ; ne
me laissez pas croire que ma compagne n'est
qu'une faible enfant avec des opinions gothiques et superstitieuses, qui conviendraient à
la dame du château de Blankenwerth, et
non pas à celle qui a eu le bon sens de
lui préférer la ville, le grand monde et le
très-peu dévot Adlau. » Là-dessus il fit une
pirouette, et sortit en fredonnant. Depuis

ce jour-là, il redoubla ses assiduités auprès
de la comtesse de Reinau, avec beaucoup
moins de réserve et de retenue, comme s'il
se fût senti plus à son aise, en n'ayant plus
rien à me cacher. Depuis ce jour funeste,
ma douleur a complétement changé de nature : je suis tout aussi malheureuse, mais
je le suis d'une autre manière : je ne re-
grette plus l'amour d'Adlau, mais je rougis
d'en avoir eu pour lui, et d'avoir cru au
sien......

Ernestine, combien j'ai été abusée ! comme
je me suis trompée sur son caractère ! à présent je le vois tel qu'il a toujours été, et je le
vois trop tard. Je suis unie au plus vain
et au plus faux des hommes. Depuis son élévation au poste de président et au titre d'excellence, sa folle vanité, qu'il avait su cacher avec tant d'adresse et de dissimulation,
s'est montrée à découvert. Étourdi, enivré
du bonheur auquel il venait d'atteindre, il
n'a plus gardé de ménagement : il s'est entouré de tant de splendeur et d'étiquette,
il a mis sa maison sur un tel pied de grandeur puérile, que je le vois enfin tel qu'il a
toujours été, et qu'il ne m'est plus possible

de me faire la moindre illusion. Voilà donc
l'idole que j'avais adorée, à laquelle je m'é-
tais attachée de toutes les facultés de mon
âme ! je vois clairement qu'il ne m'a jamais aimée; qu'il n'a recherché ma main
que parce qu'il avait besoin de ma fortune
pour se faire des amis; il a entrepris ensuite de se faire aimer de la femme du premier ministre pour atteindre, par son influence sur son mari, le grade éminent auquel
il aspirait; une fois parvenu, il a jeté le
masque qui le gênait, et dont il n'avait plus
besoin.... Quelle fausseté, quelle bassesse,
que de petitesse dans toute sa conduite actuelle ! et avec quel art perfide il m'a entraînée pas à pas dans l'abîme du malheur !
Sa prétendue philosophie, ses pernicieuses
maximes, ont détruit les rêves heureux de
ma jeunesse. Tous les doux sentimens qui
remplissaient mon cœur avant qu'il s'en fût
emparé et qu'il m'eût inspiré cette fatale
passion, se sont évanouis : il égara mon esprit dès qu'il eut séduit mon cœur, et me
fit partager ses fausses opinions. Je croyais
qu'il élevait mon âme au-dessus de celle
des femmes ordinaires, qu'il m'introduisait

dans une autre sphère, et que je serais au
niveau des hommes les plus célèbres. Il m'apprenait à mépriser, à rejeter ce qu'il appelle
d'aveugles préjugés et l'empire de l'habitude; il m'enseignait à observer, à appro-
fondir le cœur humain à la lueur d'une froide
raison, et non pas avec le sentiment de
bienveillance qui voile les défauts de ceux
avec qui l'on vit. Lui seul me parut en être
exempt. Il détruisit peu à peu mon estime
pour tout le monde, et la porta exclusivement
sur lui; je le voyais comme un être supérieur
à tout, comme mon guide et mon seul appui.
A présent que j'ai perdu complétement la conviction de son mérite et ma confiance en lui,
il ne me reste rien, et il me semble que je ne
puis plus ni aimer ni estimer qui que ce soit.
Toi, mon Ernestine, la seule que j'excepte,
et dont il n'a jamais pu me détacher, tu vis
loin de moi! Le sort m'a refusé le bonheur
d'avoir des enfans; il me semble que je suis
seule, abandonnée dans le désert aride du
grand monde, où personne ne voit et ne sent
comme moi. La lumière avec laquelle il éclairait mon esprit y a jeté une clarté douloureuse : je ne vois autour de moi que fausseté,

astuce, dissimulation, vil intérêt ou folie, et
je suis au milieu de tous ces êtres, ou vicieux
ou insensibles, qui me semblent autant de
fantômes trompeurs. Je ne vois que moi dont
le cœur me paraisse encore animé par quelque
sentiment. Je ne les hais pourtant point ces
fantômes, mais je les méprise, et c'est encore
plus triste : je ne hais même plus cette femme
que j'ai tant détestée, et qui m'accable de
fausses caresses, tandis qu'elle me ravit le
bien qu'elle croit être le plus précieux pour
moi. Je fais plus; je jouis (si je puis jouir
encore de quelque chose) de son illusion
à cet égard, de son embarras, de la peine
qu'elle se donne pour me cacher ce que
je vois à présent avec une parfaite indifférence. Tous ceux qui m'entourent se ser-
vent également de leurs amis ou de leurs
ennemis, lorsque leur intérêt personnel est
en jeu; pourquoi ne ferais-je pas de même?
On m'assure que ma santé délabrée se
remettra en respirant l'air pur de la campagne : les alentours de ce château me plaisent; j'y reste donc, sans m'embarrasser que
ce soit chez ma rivale : je ne l'appelle plus
même ainsi, et je trouve qu'elle et Adlau se

conviennent très-bien : orgueil, vanité, fausseté, égoïsme, perfidie de part et d'autre,
que de titres pour se rapprocher ! oui, ils
étaient faits l'un pour l'autre !... Adieu, chère
Ernestine.

LETTRE V.

Elfingen.... juillet.

Nous avons passé des jours bien orageux, chère Ernestine; l'approche soudaine de l'armée ennemie a frappé de terreur toute la contrée. Heureusement le danger a cessé pour le moment, mais il a donné lieu à des scènes cruelles : tous les habitans des provinces et de la campagne voulaient se réfugier dans la capitale; partout régnaient le trouble et la confusion. L'incertitude de l'avenir, la nécessité de songer au présent, mettaient en mouvement toutes les passions. On voyait se développer la petitesse du caractère chez les uns, et des défauts bien plus honteux encore chez les autres. Que tous les hommes m'ont paru vils! comme on a vu disparaître en un clin-d'œil, à l'approche du danger, le vernis de philosophie et les lumières si vantées de tant d'hommes fameux! Dès qu'ils ont été menacés de la perte de quelque partie de leur fortune, comme on les voyait balancer en tremblant entre les partis à prendre, ou bien s'agiter sans but, sans réflexion, sans utilité, et montrer au fond de ce dégoûtant tableau le plus minutieux égoïsme et le plus vil intérêt! Je n'ai aperçu nulle trace d'élévation dans l'âme, ni de but honorable dans les actions; aucune pensée de s'oublier, de se sacrifier pour le bien général; aucun point de vue que l'argent ou l'ambition, qui sont les dieux les plus révérés de ce siècle.

Je voyais de bien près toutes ces menées, toutes ces agitations, avec assez de calme et sans y prendre un grand intérêt. Qu'avais-je à craindre ou à perdre, moi qui ai déjà perdu tout ce qui peut donner quelque prix à la vie, l'illusion d'être aimée et la faculté d'aimer! J'étais à peu près la seule qui eût conservé un peu de réflexion, et qui fût en état de donner des conseils pour agir raisonnablement et avec quelque suite, tandis que tout le monde courait çà et là sans savoir ce qu'ils

faisaient. Hélas ! Ernestine, je ne puis plus,
comme autrefois, excepter Adlau : il s'est
montré dans cette crise tel que je l'avais jugé
il y a long-temps, égoïste, insensible et lâche.
Il était uniquement occupé de la chute de
tous ses plans ambitieux et de la perte de sa
place, dans le cas où notre patrie subirait le
sort qui a déjà frappé tant d'autres états, et
rêvait déjà de nouveaux projets, aussi vils que
chimériques, pour se rattacher à un nouvel
ordre de choses et sauver ce qu'il pourrait,
fût-ce aux dépens de son honneur. Ces froids
calculs, dans un moment aussi critique, où
l'état touchait à sa perte, révoltaient tous
mes sentimens ; maintenant j'ai la certitude
que si ce malheur nous arrivait, il serait un des
premiers à renier sans pudeur ce qu'il a fait
profession de respecter jusqu'ici, et dont il
tient toute sa gloire. Je vois, je sens à présent
ce que c'est que cette vertu mondaine et cette
morale qui n'ont aucune base que l'intérêt
du moment, et qui s'écroulent au moindre
choc. Blankenwerth avait-il donc raison lorsqu'il me disait que mes opinions, qui n'é-
taient que le reflet de celles d'Adlau, n'étaient
qu'une vaine apparence, une funeste erreur

qui devait nécessairement me rendre malheureuse dans cette vie et dans l'autre? Ah! sa
prédiction est déjà réalisée pour celle-ci, et
jamais on n'a prophétisé plus juste; mais pour
l'autre, Ernestine?.... Je ne sais ce que je
dois croire et désirer.... Il me semble quelquefois que ce néant, qu'Adlau m'assure devoir être notre partage, serait un état assez
doux, un éternel repos, l'oubli des peines de
cette vie; et cependant un sentiment qui se
réveille chez moi, précisément depuis que
j'éprouve ces peines, me donne une espèce
d'horreur pour cet anéantissement complet.
Je voudrais pouvoir espérer qu'un meilleur
sort m'attend au-delà de ce misérable monde:
quand tout m'échappe dans cette vie, je voudrais pouvoir me reposer dans le sein d'un
Dieu tout bon et tout puissant; mais je ne
trouve autour de moi que doute et obscurité,
et c'est, pour mon malheur, la seule chose qui
me reste de tout ce qu'Adlau m'avait inspiré.

LETTRE VI.

Elfingen, 8 août.

Pour la première fois depuis deux ans, j'ai éprouvé aujourd'hui, chère Ernestine, un sentiment doux; j'ai recommencé à croire qu'il peut exister des hommes capables de penser à autre chose qu'à eux-mêmes, et qui peuvent s'intéresser à ce qui ne les touche pas immédiatement et ne leur procure pas quelque avantage direct. Les paysans de cette contrée ont pris la résolution de défendre eux-mêmes leur patrie et leurs propriétés, si l'ennemi venait à s'approcher de nouveau de nos frontières; ils se sont réunis pour faire des préparatifs et prendre des mesures : dans ce dessein, ils ont fait des abattis, fortifié les défilés, etc. Le gouvernement a approuvé leurs projets. Tous leurs moyens étaient rassem-

blés; mais il leur manquait un chef qui connût assez bien le pays pour diriger leurs en-
treprises. Qui crois-tu qui s'est offert pour
être leur commandant et pour partager avec
eux tous les dangers?.... Ernest de Blankenwerth, celui qui m'était destiné et que j'ai repoussé. Habitant de ces montagnes, et comme
chasseur connaissant tous les fourrés, tous les
défilés, tous les ravins et sentiers, courageux,
riche, puissant, il possède toutes les qualités
propres à cet emploi. On dit qu'il a tout dis-
posé avec un ordre, une précision, une intelligence vraiment étonnante, et que je n'aurais pas attendue de lui : il faut que les voyages
l'aient singulièrement développé. J'en suis
bien aise, et je lui sais bon gré de ce qu'il
a fait. Qu'est-ce qui a pu l'engager à s'arracher à son genre de vie tranquille, pour se
charger des soins pénibles et dangereux qui
doivent lui coûter une grande partie de sa fortune, et qui mettent sa vie en danger? Il peut
être tué ou estropié, si l'on est obligé de
combattre : il aurait pu rester tranquille comme
tant d'autres seigneurs, et se réfugier dans la
capitale à l'approche de l'ennemi; rien au
monde ne l'obligeait à cette démarche. Il faut

donc qu'il soit un de ces hommes si rares de nos jours, qui connaissent quelque chose au-delà de leurs avantages personnels, et qui sont capables de se sacrifier à un sentiment plus relevé : *l'amour de la patrie* n'est pas pour lui un mot vide de sens, qui cède à l'amour de lui-même. Le maintien de l'ordre de choses actuel, qui nous rend heureux, n'est pas à ses yeux un rêve chimérique. Je pense avec plaisir à lui et à ses braves montagnards, et je me réjouis de le revoir. Le comte de Reinau est cousin germain de feue sa mère, à ce que j'ai appris ici. On l'y attend tous les jours pour organiser les mesures nécessaires dans les environs. Je lui pardonnerai bien aisément à présent sa gaucherie, et je ne verrai, au travers de son extérieur disgracieux, que son courage, sa fermeté et la générosité de son cœur.

LETTRE VII.

Elfingen, 16 août, à minuit.

ERNESTINE, quel être s'est montré à moi.... Comment est-il possible que trois années aient produit un tel changement! Je ne sais encore si j'étais éveillée ou si je rêvais. Je vais te raconter ce que j'ai vu ou cru voir, et tout ce qui s'est passé, et tu jugeras de ce que j'éprouve.

Cette après-dînée nous étions tous assis dans le salon, dont les jalousies fermées ne laissaient percer qu'une douce lumière: Adlau jouait au piquet, je crois, avec la maîtresse de la maison : j'étais assise seule près d'une croisée, et je rêvais tristement. Un grand bruit, occasionné dans la cour par des chevaux, ne m'avait pas même distraite de mes pensées. La porte s'ouvre, et M. de Reinau

entre, conduisant par la main un officier, dont
la superbe figure et le brillant uniforme atti-
rèrent machinalement mes regards. Ses traits
ne me paraissent point inconnus : il s'avance,
il salue avec l'air le plus noble, le plus gracieux. Ernestine, juge de ma surprise; c'était
Blankenwerth, mais si différent du Blankenwerth que j'avais repoussé que je pouvais à
peine en croire mes yeux. Cette taille si haute,
si massive, cette tête en avant, et ce maintien
si gauche, si embarrassé, ont fait place à la
tournure la plus aisée. Il paraît encore plus
grand, parce que sa belle tête est relevée avec
une noblesse et une grâce particulières; elle
est entourée de beaux cheveux blonds cen-
drés et bouclés naturellement qui se dessinent
sur le front. Il est parfaitement proportionné,
et, malgré sa grandeur, tous ses mouvemens
sont pleins de grâce. Je n'ai jamais rencontré
un plus bel homme : c'est l'Apollon du Bel-
védère. Il ne me vit ou ne me reconnut pas
d'abord, ce qui me donna le temps de revenir
un peu du trouble involontaire qui s'était emparé de moi; j'éprouvais un embarras singulier. Après qu'il eut salué madame de Reinau,
le comte l'amena près de moi, en lui disant :

6

« Voilà, mon neveu, une de tes anciennes
connaissances, madame la baronne d'Adlau. »
Lorsqu'il entendit mon nom, il recula d'un
pas. Je crus voir qu'il était ému; une rougeur subite colora son visage : alors seulement il me rappela cet Ernest, qui rougissait
jadis toutes les fois que je lui adressais la parole; mais il se remit à l'instant, et il se
rapprocha, me salua très-poliment avec une
noble aisance, puis se tourna vers le reste de
la compagnie, sans me dire un mot pendant
toute la soirée, quoique l'on restât toujours
réunis, soit dans le salon, soit dans les jar-
dins. Il évitait même de me regarder autant
que la politesse le lui permettait; il me témoigna l'indifférence la plus décidée, qui
tenait, ce me semble, de l'aversion et du.....
Permets-moi de ne pas tracer ce mot cruel,
que tu ne devineras que trop, et qui perçait
au travers de sa froideur.

Ma santé m'a servi de prétexte pour me retirer de bonne heure. On était au jardin, et je
crains l'air du soir; mais je craignais bien plus
encore sa présence, qu'il m'était impossible
de soutenir plus long-temps. Jamais, jusqu'à
ce jour, aucun homme n'a fait sur moi une

impression aussi forte et aussi cruelle; mais c'est que jamais aussi personne ne m'a traitée comme lui. Pas un mot, Ernestine! il n'a pas adressé une seule fois la parole à cette Cécile... Ah! j'ai de la peine encore à me persuader que tout ce que je viens de te raconter ne soit pas un jeu de mon imagination. Ernest, l'ami de mon enfance, le compagnon de mes jeux, celui qui devait l'être de ma vie entière, que mes parens et les siens m'avaient destiné..... Ernest, que j'ai vu ensuite sous des formes si rudes, et m'aimant passionnément, il n'y a pas encore trois ans! Et à présent quelle métamorphose, quel charme, quelle dignité répandue dans toute sa personne, et quelle indifférence dans son cœur! Et cet Adlau que je regardais comme une divinité, et que je vois tombé dans la bassesse la plus vile! Mais moi-même, ne suis-je pas aussi complétement changée? mon amour pour lui ne s'est-il pas évanoui avec ses vertus et ses qualités mensongères? La gaie, la vive Cécile de Rodeck est à présent la triste et malheureuse baronne d'Adlau, mésestimée, évitée par celui qui l'aimait alors avec une passion si vraie et si constante..... Je l'ai rejeté comme une

insensée; et actuellement il ferait mon bonheur et ma gloire. Ernestine, ma seule amie,
que n'es-tu auprès de moi! que ne puis-je
reposer mon cœur, agité par mille sentimens
pénibles, sur ton cœur compatissant! que ne
puis-je recevoir de ton amitié consolation,
soulagement et conseil.

* *

LETTRE VIII.

Du 19 août.

En vérité, mon Ernestine, si je ne m'arrache pas d'ici avec effort, mon âme éprouvera un bouleversement auquel, je le sens, il n'y aura bientôt plus de remède. Il est trop aimable, trop estimable, trop généreux, trop beau, mais aussi trop froid, trop cruel! Je veux fuir; je ne veux plus le voir; le *mépris* (le voilà ce mot affreux que ma plume se refusait à tracer, qui échappe à mon cœur déchiré), le mépris qu'il me témoigne est trop douloureux, il m'est impossible de le supporter plus long-temps. Il est vrai que je ne l'aimais pas, mais était-ce ma faute? On m'avait trompée, indignement trompée, en feignant des vertus et un amour qui n'existaient point.... Je rejetai follement le diamant brut,

dont je ne connus pas le prix sous son enve-
loppe grossière, et dans mon illusion je me
saisis de la pierre fausse et brillante; mais
cette erreur, dont j'étais déjà si cruellement
punie, méritait-elle une conduite aussi dure?
Quand le hasard le place près de moi, il cherche à s'éloigner le plus vite possible, comme
s'il voulait éviter un objet odieux : à la promenade il offre son bras à la plus vieille, à
la plus laide, à la plus maussade, et l'entre-
tient avec empressement, pour ne pas être
obligé de causer avec moi. Je ne m'en aper-
çois que trop; d'autres le remarquent aussi :
madame de Reinau en a plaisanté avec son
sigisbé, et même avec moi. Il y avait dans sa
plaisanterie quelque chose qui m'a frappée,
quelque chose..... où mon cœur aurait pu
s'arrêter, à quoi il s'arrête par momens; mais
ses manières détruisent bientôt cette faible
lueur de consolation. Madame de Reinau, qui
sait par Adlau tout ce qui s'est passé, s'est
donc imaginé que si j'étais devenue tout-à-
fait indifférente à mon ancien *amoureux* (c'est
ainsi qu'elle le nomme), il serait plus naturel, moins embarrassé avec moi. Elle croit
avoir découvert dans cette froideur trop mar-

quée les restes d'un feu mal éteint; elle m'a cité en souriant ce couplet de Métastase :

E son tranquillo a segno
Che non piu trova segno
Per mascherar si amor (1).

Tant qu'il y a de la colère, l'amour n'est donc pas éteint, ajouta-t-elle. Puis elle voulut s'égayer sur le singulier amour d'Ernest ; mais je lui répondis si sèchement et d'un ton si tranchant que j'espère qu'elle m'épargnera à l'avenir ce genre de plaisanterie, qui me blesse jusqu'au fond de l'âme. Ah ! mon amie, quel tourment pour mon cœur, et que de longues souffrances l'ont rendu susceptible et faible ! Hélas ! si Ernest n'était pas si bon, si généreux, si courageux, je verrais froidement et sa beauté et la noblesse de sa figure ; mais chaque mot qu'il prononce, mais la moindre

---

(1) Toute ma flamme est éteinte ;
Sous une colère feinte
L'amour ne se cache plus.

Traduction de J. J. ROUSSEAU.

de ses actions prouve l'étendue de ses vertus
et la sensibilité de son cœur. Ses opinions si
vraies, si justes sur les événemens politiques,
son amour éclairé, ardent-pour sa patrie, son
affabilité pour le peuple, qu'il sait si bien conduire, même sa piété si fervente, si naturelle,
tout, tout est si différent de ce qu'il me paraissait il y a trois ans que j'ai peine à croire que
ce soit le même être qui m'aimait, et que je
ne trouvai pas digne de ma main; lui, Ernestine, le meilleur, le plus respectable des
hommes, à qui il ne manquait que ce vernis
extérieur du bon ton et de l'élégance des manières, qu'il a acquis avec tant de facilité dans
le court espace de deux ans et demi. Quelquefois un sombre désespoir s'empare de
mon âme, en pensant à ce qui pouvait, à ce
qui devait arriver, et que c'est moi - même
qui me suis précipitée du faîte d'un bonheur
imaginaire dans l'abîme d'un malheur trop
réel. Adlau les possède aussi ces avantages extérieurs, qui sont bien peu de chose en comparaison des vertus d'Ernest; il les possède
peut-être à un plus haut degré, parce qu'il
ne se laisse jamais entraîner par aucun sentiment, qu'il ne pense qu'à plaire à des gens

aussi frivoles que lui : à présent que je sais
que tout ce brillant n'est qu'une superficie
mensongère, il a perdu complétement sa prétendue valeur à mes yeux, et je souris de
pitié sur ce qui m'enchantait jadis.

LETTRE IX.

Du 24 août.

HIER Blankenwerth est reparti après avoir pris toutes les mesures nécessaires pour assurer la défense de cette contrée ; il a tout préparé avec autant de courage que de sagesse pour le cas d'une invasion subite de l'ennemi. Les apparences recommencent à devenir menaçantes. O mon Dieu ! conserve ses jours ! protége-le ! et, s'il faut le sacrifice d'une vie, prends celle d'une pauvre femme, qui remettrait bien volontiers son existence entre tes mains paternelles ! Ernestine ! que j'étais coupable, ou plutôt insensée, quand je me moquais de la piété d'Ernest et de ses prières ! Que deviendraient les pauvres créatures humaines, poursuivies par la crainte et le malheur, si elles n'avaient pas un refuge

et une espérance? Ce Dieu si bon, que j'ai
trop long-temps méconnu, ne repousse pas
son enfant malheureux et repentant; je l'invo-
que, et déjà je me sens soulagée.

Madame de Reinau est enchantée de son
beau neveu (comme elle l'appelle). Elle a
arrangé une partie avec lui pour voir son
gothique château, qui est à dix lieues d'ici,
plus en avant dans les montagnes. Son mari
ayant reçu de la cour l'ordre d'examiner toutes
les places fortes et les préparatifs pour la défense du pays, elle m'a demandé avec instance d'être de ce voyage. Je la comprends;
elle ne peut se passer de son attentif sigisbé,
et il serait peu décent de laisser sa femme
seule chez elle. Je frémis de ce projet, et
cependant un sentiment profond et bien naturel m'attire vers cette antique demeure,
où mes parens, mon excellente mère surtout,
passaient souvent des mois entiers avec moi, où
j'étais si heureuse avec mon petit ami Ernest,
où notre union fut décidée, où j'avais déjà
avec lui ce ton amical, ce doux tutoiement,
langage de l'enfance et de l'amour. Hélas!
que tout est différent à présent..... et c'est
moi, moi qui l'ai voulu!

Que dois-je faire, Ernestine? dois-je aller ou ne pas aller? Je n'ai pas encore promis, mais je ne sais de quel prétexte me servir pour refuser. Il m'a invitée, ainsi que toute la compagnie..... mais avec une froide politesse. C'est la seule fois qu'il m'ait adressé directement la parole, parce qu'il ne pouvait pas faire autrement; je n'eus pas la force de lui répondre.

LETTRE X.

Septembre, du château de Blankenwerth.

M'y voici! je n'ai pas su résister au désir qui m'appelait vers les tours et les forêts de ma seconde patrie, car je puis donner ce nom à cette noble demeure. Je n'ai d'ailleurs vu aucune possibilité d'échapper aux persécutions de madame de Reinau et de mon mari : je ne pouvais pas leur dire ce qui me retenait, une espèce de crainte de Blankenwerth, et beaucoup de susceptibilité sur sa conduite avec moi. Je suis donc arrivée hier au soir. En revenant dans cette contrée, après un si long espace de temps, un sentiment triste et doux cependant remplissait mon cœur; tous les objets qui m'étaient si bien connus me ramenaient vers le passé, et réveillaient en moi les souvenirs de mon enfance. Là je retrouvai le che-

min qui tourne la montagne , et le rocher escarpé suspendu au-dessus du torrent; c'était
autrefois le but de nos promenades. Vous
pouvez aller jusqu'au rocher, nous disait-on;
et nous courions l'un après l'autre , ou en nous
tenant embrassés. Quand nous eûmes tourné
le rocher, je vis s'étendre à droite l'étroit vallon entre des forêts , et au fond l'ancien édifice au-dessus de la colline , avec toutes ses
tourelles, au milieu d'un bois de sapins : mon
cœur se serra à cet aspect. Nous traversâmes
rapidement l'agreste et charmant vallon. Arrivés au pied de la montagne sur laquelle est
situé le château , on entendit tout-à-coup le
son des cors de chasse : c'était Blankenwerth
qui venait à notre rencontre, accompagné
d'un détachement de chasseurs à cheval; il
faisait amener des chevaux de rechange pour
gravir la montagne.

On détela les nôtres , et les siens, mieux
faits à ce chemin escarpé , les remplacèrent.
Il se plaça à cheval à côté de notre voiture. Il
me semblait que je ne l'avais pas encore vu
aussi beau et autant à son avantage. Comme il
parlait vivement à son oncle dans la voiture, et
ne regardait ni son chemin ni son cheval , ce

dernier fit un faux pas : il veut le retenir ; le cheval s'effraie, se dresse, glisse des pieds de derrière, tombe, et jette violemment son cavalier à quelque distance sur le rocher. Un cri de terreur et d'épouvante part de toutes les bouches ; tous les yeux sont portés vers le rocher, et personne heureusement ne voit l'état dans lequel j'étais. Je perdis un instant tout-à-fait connaissance : lorsque je revins à moi, je le vis déjà debout à côté de son cheval, qui s'était aussitôt relevé ; il souriait, mais une de ses mains saignait extrêmement.... Que n'aurais-je pas donné pour oser voler auprès de lui, panser sa blessure, m'assurer qu'elle était sans danger ! La réflexion, ou plutôt ma faiblesse, car j'avais un tremblement général, m'enchaînèrent à la place où j'étais assise. Mme de Reinau était descendue de voiture, et s'occupait de lui. On tâchait d'arrêter le sang, qui coulait abondamment ; tous les petits mouchoirs de batiste n'y suffisaient pas ; alors j'arrachai vivement le voile attaché à mon chapeau, sans penser qu'une mousseline brodée à jour ne serait d'aucune utilité : je le donnai à un des chasseurs. Ce jeune homme me regarda d'un air étonné, et porta le voile à son maître. O Ernestine! quel moment! Il me jeta un regard étincelant, et son visage, très-pâle en ce moment, devint rouge comme le feu.... Il regardait ce voile.... « Ce serait dommage de le gâter, dit-il. Vous êtes trop bonne, madame, ajouta-t-il en s'inclinant... » Mais, tout en refusant de s'en servir, il ne me le rendit pas.

Au même instant arriva un des chasseurs, avec du linge qu'il avait été chercher dans quelque cabane voisine. Madame de Reinau acheva de bander la plaie, et Ernest, par l'ordre de son oncle, entra avec nous dans la voiture, à la place du baron d'Adlau, qui monta le cheval de l'un des chasseurs. Ernest était placé vis-à-vis de moi; il me remit alors mon voile en me disant quelques mots obligeans, et je remarquai que plusieurs fois ses yeux s'arrêtèrent sur moi avec un regard sombre : il devait être frappé de mon changement. Je sentais qu'une pâleur mortelle et une rougeur de feu se succédaient rapidement sur mes joues, tour à tour glacées ou brûlantes; j'avais un frisson qui me faisait trembler d'une manière visible. Nous arrivâmes au haut de la montagne : la voiture roula avec fracas sur le

pont-levis, et traversa la grande porte gothique où j'avais passé si souvent avec mes pa·
rens. Lorsque, dans la première cour, j'aperçus
la place de nos jeux enfantins, sous d'immenses noyers centenaires; lorsque nous passâmes
la seconde porte pour entrer dans la petite cour
étroite et anguleuse; quand nous montâmes
le grand escalier tournant, et que, dans le
premier salon, les portraits des respectables
ancêtres que je connaissais si bien s'offrirent
à moi comme d'anciens amis trop long-temps
oubliés, et qui semblaient me regarder avec
sévérité et reproche; quand je retrouvai chaque meuble à la même place où ils étaient il
y a quinze ans., ô mon amie! un sentiment
inexprimable s'empara de toute mon âme. Le
passé, le présent serraient également et douloureusement mon cœur. Ernest conduisait sa
tante, et ne faisait nulle attention à moi; il
ne tourna pas même la tête une fois. Ah! que
j'aurais voulu expirer dans ce moment! il eût
été forcé alors de regarder la pauvre mourante,
de la plaindre peut-être; j'étouffais au point
de l'espérer. Tout m'oppressait à la fois : souvenirs, regrets, remords. Oui, Ernestine, je
ne puis plus me faire illusion comme jadis,

comme il y a peu de temps encore. En vain
une timide voix osait s'élever doucement pour
rejeter sur Adlau le tort de ma fausseté, de
cette indigne supercherie; n'y ai-je pas consenti ? N'ai-je pas fait mon possible pour lui
montrer la ville, le monde et moi-même sous le
jour le plus repoussant ? N'ai-je pas joué, pour
l'éloigner, une indigne comédie dont le souvenir remplit mon cœur de honte et de repentir?
Nous parcourûmes de chambre en chambre
le château : tout y était exactement comme
autrefois; ces grands portraits de famille; ces
fenêtres étroites et hautes, enfoncées dans d'é-
paisses murailles; cette grande table au milieu
de la chambre du coin, d'où l'on a une vue si
romantique sur le vallon entouré d'épaisses forêts; cette table autour de laquelle nos bons
parens se plaçaient amicalement pour prendre
leur café, tandis qu'Ernest et moi nous folâtrions
ensemble dans le fauteuil du grand-père, qui
est encore à la même place !.... Hélas ! Ernest
est encore aussi le même qu'autrefois; c'est
encore cette âme si bonne, si sensible, si
énergique.... Et moi.... quelle garantie pour
la durée du bonheur dont je devais jouir !
Rien n'est changé ni dans sa demeure ni dans

son caractère. Après avoir voyagé dans dif-
férens pays, il n'en a pas rapporté les vices
comme tant d'autres ; il a seulement appris à
concilier les grâces et l'usage du monde avec
les vertus de la retraite. Oh ! oui, mon bonheur eût été permanent comme tout ce que
je retrouve ici.

On nous assigna des appartemens dans une
aile du château qui jadis n'était point habitée,
et que Blankenwerth a fait arranger à la mo-
derne, pour recevoir les connaissances qui
viennent chez lui. Cet arrangement contraria
si fort mes idées et mon espérance, que je pris
le courage de prier le maître de la maison de
m'accorder le plaisir d'habiter une chambre
dans le corps-de-logis de l'ancien château. Je
lui dis que je m'en étais réjouie d'avance, et
que j'avais espéré me retrouver après tant d'années où j'avais logé autrefois. Il me regarda
avec étonnement ; puis il me dit, en s'inclinant, « que j'étais la maîtresse absolue de
choisir dans tout le château l'appartement qui
me convenait le mieux, et voulut sortir pour
donner les ordres nécessaires. » Cela m'enhar-
dit, et je le priai de me faire préparer le cabinet de damas jaune que mes parens avaient

habité, si toutefois il était libre. Une vive rougeur colora ses joues comme un éclair; il
m'accorda ma demande avec beaucoup d'obligeance, et sortit. La compagnie me railla de
ma prédilection singulière pour la vieille ma-
sure : je les laissai dire, hâtant de mes vœux
impatiens le moment de me retrouver dans ce
cabinet si plein de souvenirs.

Après souper, son valet de chambre m'y
conduisit, posa les bougies sur une commode,
et se retira. J'étais seule en apparence; mais,
grand Dieu! de combien de sentimens j'étais
entourée! Là je revoyais cet immense lit en
pavillon, avec son ciel élevé et ses rideaux de
damas jaune, dans lequel ma mère chérie
avait si souvent goûté un doux sommeil, où
je venais le matin folâtrer avec elle. De ce
côté les portraits des parens de Blankenwerth,
et de l'autre... Dieu! quel bonheur inattendu,
ce sont les miens, mes si bons parens, dont
l'âme sensible d'Ernest avait réuni les images
avec celles de leurs meilleurs amis, dans le
lieu que si souvent ils ont habité ensemble,
et que nous n'aurions jamais dû quitter. Au-
dessus de l'antique armoire de vernis du Ja-
pon, je remarquai un tableau de famille que

je ne connaissais pas; je pris une lumière pour l'examiner; il représentait le père et la mère d'Ernest avec les miens, assis, dans diverses attitudes exprimant le contentement et le bonheur, autour d'une grande table ronde couverte de fruits et de gobelets, les uns pleins, les autres vides; c'était ainsi qu'ils faisaient ordinairement leur collation au lieu de souper : sur le devant du tableau on voyait Ernest et moi, encore enfans, jouant avec un agneau. Une date dans un coin de la peinture m'indiqua que cet ouvrage avait été fait la même année où mon père était allé s'établir à la ville, et peu de temps après notre départ, probablement pour consoler les amis dont nous nous séparions. Quels souvenirs ! quels reproches ! Dans mon désespoir, j'osai en adresser aussi à ce bon père, j'osai dans ma pensée rejeter sur lui tous mes torts. Pourquoi ce départ et cette séparation ? pourquoi du moins ne pas exiger de moi de tenir notre promesse lorsque le comte vint la réclamer? pourquoi?... O Ernestine ! je ne tardai pas à sentir que moi seule j'étais coupable, et que le seul tort de mon père avait été de me trop aimer. Il me sépara d'Ernest pour que l'habitude de nous voir sans cesse n'attiédit pas le sentiment que nous devions avoir l'un pour l'autre; il voulut me donner des talens pour entretenir l'amour de mon époux, pour animer la retraite où je devais vivre, et en écarter l'ennui, ce fléau du bonheur conjugal. Pouvait-il prévoir que je rencontrerais dans le monde le plus séduisant et le plus faux de tous les hommes, qu'il s'emparerait de mon cœur, de mon esprit, et détruirait les principes religieux qui auraient pu me retenir dans la bonne route? Mais non, il ne les a pas détruits; ils ne furent qu'endormis pour un temps; ils se réveillent avec force à présent que je vois l'influence de cette funeste philosophie, qui sape dans leurs bases la morale et l'honneur, et tout ce qui peut assurer le repos dans cette vie et le bonheur dans l'autre. Mais mes yeux et ma raison avaient été trop fascinés; et si cet excellent père, que j'ose accuser, avait usé de son autorité pour me faire tenir mes engagemens d'enfance, je l'aurais appelé un tyran, un barbare, et peut-être, dans l'excès de mon égarement, je lui aurais désobéi, et j'aurais donné ma main à Adlau sans son aveu.

Telles furent mes réflexions... Tu imagines
le profond repentir qui en fut la suite. A genoux devant le portrait de mon père, je versai
des torrens de larmes. Je fis ensuite plusieurs
fois le tour de la chambre pour examiner tous
ces anciens objets, pour lesquels je reprenais
mon premier attachement. Dans un coin, bien
à l'écart et recouvert d'un rideau, était mon
portrait de grandeur naturelle à l'âge de huit
ans, et très-ressemblant; j'étais dans les pa-
rures du jour des fiançailles, et l'anneau pen-
dait sur ma poitrine. Je refermai le rideau,
avec un profond soupir, et je me couchai ;
j'éteignis ma bougie, mais je ne pus dormir.
A une heure je me relevai, et je m'approchai
de la croisée. La lune éclairait le paisible vallon; le vent agitait les sommités des sapins
avec un léger bruissement. Ces rochers, ces
forêts, ce torrent qui se déroulait en mugis-
sant au travers du vallon, ces tours, dont
l'ombre se dessinait sur la terrasse, tout était
encore comme jadis : et moi aussi j'étais là...
à la même croisée.... mais comme tout était
différent pour moi ! Je fus saisie de nouveau
d'une émotion douloureuse; je pensai à mes
parens, à mon heureuse enfance écoulée

doucement à côté d'eux., au sort que leur
amour m'avait préparé. L'image de cet époux
qui m'était destiné m'apparut dans toute sa
beauté, son amabilité, ses vertus... Mes larmes recommencèrent à couler, et des sanglots
que je ne pouvais retenir me suffoquaient. Un
léger bruit et un profond soupir que j'entendis tout près de moi me glacèrent d'effroi. Je
n'avais pas songé que la grande chambre con-
tiguë pouvait être habitée, et j'ignorais par
qui : je redoublai d'efforts pour retenir mes
sanglots... Personne, personne au monde ne
doit savoir comme je suis malheureuse. Je re-
gagnai doucement mon lit : mais ce ne fut que
vers le matin que je pus obtenir un peu de
sommeil. Je ne me réveillai que lorsque ma
femme de chambre vint m'appeler pour le
déjeûner : je m'habillai promptement, et je
sortis sur le grand corridor, sur lequel s'ou-
vrent toutes les chambres de ce côté. La curiosité me poussa à désirer de savoir qui lo-
geait à côté de moi: la porte était ouverte à
demi; j'y jetai un coup-d'œil; l'uniforme
d'Ernest était sur une chaise, son épée et son
chapeau sur la table : c'était sa chambre, et
voilà sans doute ce qui causa son embarras

lorsque je demandai le cabinet jaune, qui y
touche, et qu'il occupait peut-être. Il n'avait
pas dormi non plus, ou mes sanglots l'avaient
réveillé; et c'était de son sein que s'était
échappé le profond soupir que j'avais entendu... Mais pourquoi soupire-t-il ? Le bonheur
de toute sa vie n'est pas empoisonné et détruit
comme le mien par un lien avec un être vil et
perfide; il n'est pas rongé comme moi par les
serpens d'un inutile repentir ! Pourquoi Ernest
soupire-t-il ? cette idée occupait sans cesse
mon cœur et mon imagination; je me le de-
mandais intérieurement, assise en silence à la
table du déjeûner. Lorsqu'il entra, je sentis
que je rougissais involontairement, et... était-
ce une illusion, Ernestine; mon âme préoc-
cupée crut-elle voir ce qu'elle éprouvait ? Je
ne le sais : mais il me parut qu'il avait aussi
rougi en me saluant, et qu'il était plus sérieux,
plus sombre que la veille. Le son de sa voix
me semblait ému; il m'adressa deux fois des
questions aimables; je vis ses regards se reposer sur moi au lieu de se détourner comme à
l'ordinaire, et je crus y lire une expression de
commisération et d'intérêt. Il s'informa de ma
santé, j'aurais voulu affirmer que j'étais bien,

8

mais mon visage m'aurait donné un démenti. Peu à peu cette douceur dans sa manière d'être avec moi s'effaça : on aurait dit qu'il réfléchissait, et qu'à mesure il revenait à sa disposition naturelle : sa froideur reprit le dessus, et mon espoir de regagner son amitié, ou du moins son estime, s'évanouit.

Pendant le déjeûner on arrangea une promenade à cheval dans les environs. Je refusai d'en être, sous le prétexte de ma santé, et je restai seule au château. En effet, je ne me sentais pas bien, et mes idées ne me portaient pas à prendre part à aucun plaisir ni à aucune distraction. J'employai la matinée et ma solitude à parcourir tout le château, et à rechercher toutes les traces du temps passé. Je parvins à la grande salle qu'on nomme la salle des chevaliers, où se trouvent les portraits de toute la famille Blankenwerth depuis deux cents ans. Plusieurs ont été des hommes distingués, tous loyaux, bons et braves; dans le nombre il se trouve des cardinaux, un électeur, des généraux, des hommes d'état; il y a aussi une quantité de femmes en costume bizarre, avec des figures douces, pieuses, un peu sérieuses, mais remplies de dignité et d'an-

tique simplicité. En regardant ces tableaux, je
me pénétrais mieux encore de la vérité des principes religieux que la froide philosophie d'Adlau
m'avait fait regarder comme des erreurs et
des préjugés, et que je tournais en dérision.

Ce respect, cet amour qui attache le pieux
rejeton d'une noble famille aux restes et aux
monumens de ses aïeux; cette force qui relève
l'âme, et qui prend son origine dans le noble
orgueil de descendre d'hommes vertueux ou
illustres; ce noble et juste orgueil qui naît du
souvenir de leur mérite, et qui ferait rougir
l'homme d'honneur, si, dans les mêmes circonstances, dans les mêmes lieux, et pour
ainsi dire sous les yeux de ses prédécesseurs,
il agissait autrement qu'ils ne l'ont fait, et
pouvait se conduire ainsi que le commun des
hommes; non, tout cela n'est point un vain
préjugé. Sous ce point de vue, l'orgueil de la
naissance s'explique et se justifie; car alors il
est fondé sur le sentiment le plus respectable,
et de froides plaisanteries ne pourront jamais
le détruire. C'est ainsi que s'est formée l'âme
d'Ernest, et qu'il a su se maintenir pur et
fort de ses vertus et de celles de ses ancêtres
au milieu d'un monde dégénéré.

Après dîner, l'idée me vint de revoir la chapelle du château et le caveau sépulcral de la famille. Je fis appeler le marguillier, un bon vieillard que je connaissais autrefois, et qui m'avait souvent fait sauter sur ses genoux. Je descendis avec lui : le jour était sombre, et pénétrait à peine dans la chapelle gothique, éclairée par une seule lampe, qui jetait sa lumière tranquille et rougeâtre sur l'autel. Quel aspect solennel, Ernestine ! cette lampe brûle toujours paisiblement dans cette enceinte, et brûle depuis des siècles, entretenue par une pieuse dévotion : autour d'elle des générations sont nées, ont disparu, de pauvres mortels ont souffert et pleuré; et cette lampe a toujours jeté ses paisibles rayons. Cette stabilité au milieu de l'éternel changement, cette invariabilité d'action quand tout se détruit ou change, n'est-elle pas l'image de cette religion sublime, dont chaque jour je sens davantage la vérité et la puissance ! Une foule de réflexions mélancoliques vinrent à la fois pénétrer mon âme : dans cette disposition, je suivis le vieux serviteur dans le caveau. L'air froid qui sortit de ces voûtes me fit frissonner. Tout autour de moi étaient les sépultures de la

noble race de Blankenwerth. Je m'approchai
de tous les monumens pour en lire les inscrip-
tions : plusieurs m'émurent par leur touchante
simplicité ; toutes rappelaient le moment qui
réunit les mortels les plus séparés en apparence, et les rend tous égaux. Au bout de la
ligne des tombes, on en voyait trois remarquables par leur beauté. Elles étaient neuves
et construites en marbre blanc, supportées par
des pieds de bronze bruni...; celle du milieu
est ouverte, une balustrade l'entoure. « Qui re-
pose ici ? demandai-je à mon conducteur.—Le
vieux comte et madame la comtesse, me répondit-il... — Et au milieu ? continuai-je avec
émotion. — Cette tombe ouverte, c'est le
tombeau de notre bien aimé maître, le comte
Ernest ; il l'a fait préparer à côté de ses dignes
parens. » Je fus vivement saisie. « Pense-t-il
donc déjà à la mort ! m'écriai-je, ne songe-t-il
pas plutôt à se marier pour perpétuer sa noble
race ? alors ne voudra-t-il pas reposer pour
l'éternité avec sa femme et ses enfans ? Mon
vieux conducteur fit un geste douloureux, et
après un instant de silence il me dit : « Notre
jeune comte est bien changé depuis quelques
années : on lui a offert plusieurs mariages

très-avantageux avec des demoiselles les plus riches et les plus nobles de la contrée; il les a toutes refusées.... Ah! madame (ajouta-t-il avec une timidité mêlée d'une touchante bonhomie), excusez ma franchise, vous n'auriez pas dû refuser sa main ; vous auriez été si heureuse! il est si bon, et il vous aurait tant aimée! Je me rappelle comme toutes les choses allaient du vivant de notre bon vieux seigneur; et tout irait bien mieux à présent si on eût fait ce qu'il désirait si vivement : notre jeune comte n'a jamais pu l'oublier. »

J'étais à la torture. Quel jugement terrible ce vieillard ne venait-il pas de prononcer contre moi dans la simplicité de son cœur! O Ernest! l'ami de mon enfance, l'époux qui m'était destiné, c'est donc moi qui suis la cause de ce que ton existence solitaire est privée de bonheur et d'espérance !... Il me semblait entendre s'élever des tombes des parens d'Ernest, qui voulaient être aussi les miens, d'amers reproches et l'arrêt de ma condamnation. Je fus saisie d'un tremblement excessif; je sentais que j'allais fondre en larmes.... « Laissons cela, mon bon Georges, dis-je d'une voix presque éteinte; cela ne devait pas être

sans doute.... Je ne suis pas plus heureuse que
votre maître.... Mais ne pourrais-je pas voir
ce cercueil de plus près? la balustrade m'en
empêche.... » George se hâta de l'ouvrir. Je
montai les gradins sur lesquels le tombeau
était élevé : j'avais un désir insurmontable de
m'approcher du lieu où il voulait dormir seul...
éternellement. J'étais là debout à côté de ce
tombeau ouvert, et qui devait renfermer....
celui à côté de qui j'aurais dû passer ma vie.
Je m'inclinai dessus : alors mes larmes coulè-
rent en abondance sur la place où il reposera
un jour, et je sentis s'élever du fond de mon
cœur l'ardent désir d'être ensevelie sous cette
voûte près de lui, près de ses parens, quand
j'aurai terminé ma triste vie, que je sens chaque jour se flétrir et pencher vers son déclin.
Du moins après ma mort je serais à la place
que mes parens m'avaient marquée, qui devait
être la mienne. Depuis ce moment cette idée
ne m'a plus quittée, et je me plais à la nourrir, à m'en occuper sans cesse, d'autant plus
que, soit l'air humide et froid que j'ai respiré
sous ces voûtes, soit les fortes émotions que
j'y ai éprouvées, je me sens beaucoup plus
mal. J'éprouve un frisson général et continuel,

et je crains de ne pouvoir pas rester levée
pendant les huit jours que nous avons à passer
ici..... Mon Ernestine, peut-être ne nous re-
verrons-nous plus. Adieu.

Les craintes de Cécile sur sa santé n'étaient
que trop fondées. Le jour après avoir écrit
cette lettre, elle se trouva beaucoup plus mal :
cependant elle eut encore la force de paraître au déjeûner et au dîner, mais en souffrant horriblement. Elle se retira dans sa
chambre dès qu'on fut sorti de table : une
heure après son mari entra chez elle en faisant de grands éclats de rire. Elle lui en demanda la cause. Il lui dit qu'il venait d'apprendre de madame de Reinau que le comte
de Blankenwerth était instruit de la manière
dont il avait été joué lors de son séjour à la
ville. L'un des amis d'Adlau, qu'il avait rencontré par hasard dans ses voyages, lui avait
tout raconté, et avait rejeté tout l'odieux de
leur conduite sur Cécile, qui l'avait, disait-il,
exigé d'eux.... Et qu'est-ce qu'on peut refuser
à une jolie femme ! Adlau trouvait cette dé-

couverte très-plaisante, et s'en amusait beaucoup. Mais le désespoir de la pauvre Cécile fut à
son comble. Elle eut bien de la peine à cacher
à son mari ce qu'elle éprouvait, et elle prit à
l'instant le parti de ne pas rester une heure
de plus à Blankenwerth. L'idée qu'Ernest la
croyait fausse, intrigante, méchante, la certitude d'être l'objet de sa haine et de son
mépris, lui devinrent insupportables. Elle
sentit qu'elle n'aurait pas la force de le revoir
et de résister désormais à cette froideur gla-
ciale qui ne lui était que trop expliquée : et
cependant elle ne pouvait pas non plus se justifier sans inculper et son mari et les amis
qui l'avaient servie. Elle frémit en pensant
aux malheurs affreux qui pouvaient en être la
suite, et se promit de mourir de sa douleur,
et du tourment d'être méprisée de celui qu'elle
aimait, plutôt que d'exposer une vie aussi
précieuse.

Une fièvre violente, qui la saisit dès qu'A-
dlau l'eut quittée, lui servit de prétexte pour
demander avec instance à être transportée le
même jour à Elfingen, où on serait plus à
portée des secours. Tout le monde parut consterné; mais ni son mari ni la comtesse de

9

Reinau ne lui offrirent de l'accompagner; et elle en fut bien aise. Le comte de Blankenwerth fut celui qui témoigna le plus vif intérêt pour ses maux : elle en fut à la fois touchée et confuse. Il lui fit offrir d'envoyer à l'instant une voiture à la ville pour amener son médecin. Elle le remercia de son obligeance, mais elle refusa son offre, et persista dans sa résolution. En vain on lui représenta que le mouvement de la voiture pouvait augmenter son mal : c'était son désir secret, et rien ne put la retenir... Revoir Ernest, à présent qu'elle savait combien il avait sujet d'être irrité contre elle, était le plus grand des supplices, le seul qu'elle ne pût supporter. Il fallut céder : seulement M. de Blankenwerth insista avec tout autant de fermeté pour qu'elle fît son voyage aussi commodément qu'il était possible. Il fit préparer une litière portée par des mulets, pour la conduire jusqu'au bas de la montagne, à travers les chemins rocailleux; il lui donna son valet de chambre chirurgien, qui devait l'accompagner jusqu'à Elfingen, et rester auprès d'elle jusqu'à ce que son médecin fût venu. Ces soins, cette bonté pour une personne qu'il devait haïr et mépriser, la

touchaient plus profondément encore : elle se
demandait si c'était la compassion, la bonté,
ou peut-être un reste de son ancien attachement? Et, quoi que ce fût, son sentiment
pour lui en devint plus vif, plus tendre et plus
douloureux; mais cette agitation de son cœur
était peu propre à la tranquilliser et à alléger
ses souffrances.

Elle arriva à Elfingen très-malade. Son médecin, qui avait été averti par un exprès du
comte Ernest, s'y trouva en même temps
qu'elle : il ne dissimula pas qu'il la croyait en
danger. La vie n'avait plus aucun attrait pour
Cécile; elle entendit cet arrêt avec plaisir.
L'homme, le seul homme qui lui paraissait
digne d'être aimé, celui qui avait réveillé dans
son cœur, en même temps que l'amour, la
religion et les vrais sentimens d'honneur et
de vertu, la haïssait, il la méprisait, et elle
l'avait mérité, quoiqu'elle ne fût pas aussi
coupable qu'il pouvait et devait le croire.....
Mais si, dans le fond de son cœur, il lui rendait
justice, s'il l'aimait encore malgré lui, si sa
présence et son abattement avaient rallumé
dans ce cœur généreux et sensible une étin-
celle d'amour; si sa bonté, ses soins pour

elle le jour de son départ, si le soupir qu'elle
avait entendu la nuit en étaient des preuves;
alors, dans cette supposition, elle se trouvait
encore plus malheureuse, car elle était séparée de lui à jamais par les obstacles les plus
insurmontables, et leur désir mutuel de se
rapprocher deviendrait pour tous les deux une
source intarissable de maux et de douleurs.
Elle connaissait trop bien Ernest pour ne pas
être persuadée que même la plus innocente
relation avec l'épouse d'un autre homme serait criminelle à ses yeux, quelque indulgente
que fût l'opinion du grand monde à cet égard.

En effet, elle le jugeait bien; mais elle
ignorait jusqu'à quel point elle régnait encore
exclusivement dans son cœur. Depuis son enfance, l'image de Cécile était gravée dans son
âme : l'habitude, les souvenirs, son respect
pour la volonté de ses parens, avaient réuni sur
elle seule ses pensées et ses espérances. Lorsqu'il la retrouva belle, aimable, brillante de
jeunesse et de grâces, cet attachement devint
la passion la plus ardente; il l'aima avec toute
la force d'un premier amour et d'un cœur
vertueux et sensible; il avait adoré celle qui
lui était destinée, et qui l'identifiait avec tous

les rêves de son heureuse enfance : la mort
seule aurait pu le détacher d'elle. Lorsqu'elle
l'eut repoussé, lorsqu'il le fut lui-même par
les opinions qu'elle lui avoua, il s'était éloigné d'elle avec l'effort le plus douloureux et
le plus pénible ; et depuis lors il avait perdu
tout espoir de bonheur. Sombre et malheureux, il revint dans le manoir de ses pères,
où il s'était flatté si long-temps de vivre avec
sa Cécile, où tout la lui rappelait. Quelquefois
il espérait encore que son bon cœur et son
esprit si pénétrant la remettraient dans la
bonne route, et qu'elle reviendrait à lui, au
goût de la campagne, et au séjour si romantique qu'elle aimait autrefois. Il résolut de lui
écrire, et il attendait plus d'effet de ses lettres
que de sa conversation, toujours troublée par
la présence de celle qu'il aimait si passionnément ; il allait, sous le prétexte de savoir des
nouvelles de la santé du comte de Rodeck,
entamer une correspondance avec Cécile,
lorsqu'il apprit qu'elle avait épousé le baron
d'Adlau. Il se livra au plus affreux désespoir,
et ses gens avaient craint qu'il ne s'ôtât la
vie, ou qu'il ne perdît la raison. Enfin, après
bien du temps, il trouva dans la force de son

âme et dans ses principes religieux le courage
de se relever de son abattement. De sages amis
lui conseillèrent de chercher quelque distraction en voyageant : il avait senti lui-même la
nécessité de changer le cours de ses idées habituelles, et de s'éloigner du lieu qui les nour-
rissait; il partit, et pendant deux années il
parcourut l'Europe. Son esprit s'était développé
dans le grand monde, et en communiquant
avec les hommes les plus éclairés des pays où
il avait séjourné. Son extérieur avait acquis
ces grâces et cette bonne tenue dont Cécile
avait été si frappée en le revoyant; mais son
cœur seul n'avait point changé : il était toujours aussi malheureux, et, en rentrant dans
son antique demeure, Ernest y retrouva tous
ses souvenirs avec la même vivacité. Les circonstances politiques de sa patrie purent seules
faire une diversion à ses chagrins. Il s'offrit à
diriger la défense que les courageux montagnards voulaient opposer à l'ennemi. Son zèle
pour le bien public, ses occupations, son activité lui firent d'abord un peu de bien, et l'a-
vaient ranimé; mais il revit Cécile : il la retrouva
changée, mélancolique. Il croyait la haïr, la
mépriser : il sentit qu'elle lui devenait plus

chère que lorsqu'elle était dans tout l'éclat
de sa beauté et de sa gaîté. Lorsqu'elle lui envoya son voile pour arrêter le sang de sa blessure ; lorsque, vis-à-vis d'elle, dans la voiture, il la vit rougir et pâlir tour-à-tour, et
ses beaux yeux se remplir de larmes ; lorsqu'il fut le témoin du respect et de l'attachement qu'elle avait pour son vieux château et
pour tout ce qu'elle y retrouvait ; lorsque,
surtout pendant la nuit, il entendit ses sanglots, tous ses sentimens se réveillèrent avec
une force incroyable. Il fit de vains efforts
pour les bannir, et, n'y pouvant réussir, il
chercha du moins à les renfermer dans son
âme, puisque Cécile était à jamais perdue
pour lui. Si elle était partie pour un autre
motif que celui du dérangement de sa santé,
il n'eût pas été fâché de voir s'éloigner avec
elle le pouvoir magique qui l'entraînait presque irrésistiblement ; mais l'idée de la sentir
seule et souffrante faillit lui faire trahir l'intérêt qu'elle lui inspirait. Il frémissait d'indignation en voyant son mari attaché au char d'une
autre femme, et ne s'embarrassant pas que la
sienne fût malade.

Enfin on se sépara, et tout autre sentiment

dut se taire devant l'amour de la patrie. L'ennemi se rapprocha de nouveau ; toutes les forces que Blankenwerth commandait furent mises en activité ; il fallut déployer toute la prévoyance, tout le courage, toutes les facultés d'un patriotisme éclairé pour résister à des forces très-supérieures. Dans le mouvement que donnaient à Ernest des occupations aussi intéressantes, dans la vie militaire enfin, l'image de Cécile devait nécessairement s'affaiblir. Il l'aimait toujours avec la même constance, avec la même chaleur, mais il ne lui était plus permis de lui consacrer son existence, et c'est ainsi que le tumulte que cette rencontre avait excité dans son cœur s'apaisa peu à peu.

Cécile ne fut pas aussi heureuse. Elle succombait sous le pesant fardeau d'une passion sans espoir, de ses regrets et de ses remords. Une inconcevable fatalité l'avait entraînée à repousser loin d'elle l'homme le plus digne d'être aimé. Elle sentait trop tard combien elle aurait été plus heureuse de cette vie tranquille, passée à côté d'un époux chéri, qu'elle ne l'avait été dans le tourbillon du monde.... Cette comparaison, qu'elle faisait sans cesse,

alimentait son sentiment pour Ernest, et lui
faisait voir avec une espèce d'horreur celui
qui l'avait entraînée dans le piége, pour l'abandonner ensuite aussi cruellement. J'ai mérité
d'être la plus malheureuse des femmes, se
répétait-elle sans cesse avec un nouveau dé-
chirement, puisque j'ai pu affliger Ernest;
et il est encore trop bon pour moi. Ces réflexions, et bien d'autres qui en étaient la
suite, minaient son existence. Elle était encore très-malade lorsque l'approche de l'ennemi l'obligea de quitter précipitamment Elfingen pour revenir dans la capitale. La fatigue
de ce voyage irrita le principe de son mal,
qui se porta sur la poitrine, et dégénéra en
fièvre lente; mais la perspective et l'espérance d'une mort prochaine fut pour elle un
vrai soulagement, et son âme sembla devenir
plus forte et plus active à mesure que son
corps dépérissait. Elle n'éprouvait plus dans
ce monde qu'un seul désir, dont elle s'occupait avec ardeur, c'était de pouvoir se justifier aux yeux d'Ernest, ou plutôt d'obtenir
son pardon: car elle trouvait elle-même sa précédente conduite avec lui inexcusable; mais
son profond repentir et la bonté d'Ernest lui

faisaient espérer qu'elle pourrait obtenir de sa compassion, si ce n'était de son amitié, d'être ensevelie auprès de lui dans l'ancienne sépulture de sa famille. Plus la guerre devenait orageuse, plus sa santé s'affaiblissait, et moins elle avait d'espoir que ce vœu pût s'accomplir.

L'ennemi approchait de jour en jour; il était vainqueur dans tous les combats, et enfin il entra en triomphe dans la capitale, que la cour avait déjà abandonnée, et d'où fuyaient tous ceux qui le pouvaient, ou qui n'étaient pas retenus par l'espérance d'obtenir quelques places lucratives dans le nouveau gouvernement. Adlau fut du nombre de ces derniers; il se rapprocha avec affectation des nouveaux maîtres, prévint tous leurs désirs, s'empressa d'exécuter tous leurs ordres, reçut les principaux chefs dans sa maison, et ne se montra occupé qu'à ouvrir une nouvelle carrière à son ambition. Cécile voyait toutes ces menées avec mépris, avec horreur : la conduite de son mari dans cette occasion mit le comble au repoussement qu'il lui inspirait, et sa maison devint pour elle un enfer. Le comte de Reinau et sa femme avaient suivi la cour. L'intrigue de la comtesse avec Adlau

était rompue; mais il ne tarda pas à en affi-
cher une plus indécente encore, avec une
femme arrivée à la suite de l'armée, qui tenait une maison brillante où le baron Adlau
trouvait tous ses amis du moment.

Le pays entier était au pouvoir de l'ennemi, à l'exception des montagnes : leurs
habitans opposaient encore une résistance
étonnante, favorisée par le local. Les vassaux
de Blankenwerth, leur valeureux seigneur à
leur tête, soutenus par quelques corps de
troupes régulières, se défendaient en héros,
et le torrent des victoires de l'ennemi était
arrêté par leur bravoure. Cécile entendait de
tous côtés l'éloge d'Ernest : ses ennemis même
admiraient son courage indomptable. Chaque
trait qu'on racontait de sa valeur, de sa sagesse (et tous les jours on en apprenait de
nouveaux), le gravait plus fortement dans le
cœur de Cécile. Son admiration pour lui allait
jusqu'à l'enthousiasme, et lui faisait sentir
plus douloureusement tout ce qu'elle avait
perdu. Comme elle aurait été fière d'appar-
tenir au héros de la patrie, de porter son
nom, de partager sa gloire, d'embellir sa
vie, exposée à tant de périls, et de récom-

penser ses vertus et ses sacrifices par un amour sans bornes! Ce bonheur devait être son partage; elle l'avait rejeté pour porter le nom et partager la honte du plus vil des hommes.

Mais, malgré la violence de ses regrets et de son sentiment, elle sut les dominer, les renfermer dans son cœur déchiré, et se conduire avec une extrême prudence. Son état de maladie rendit ce pénible rôle un peu plus facile : trop faible pour voir du monde, elle avait la liberté d'être souvent seule chez elle, où elle se livrait à son chagrin sur les maux de sa patrie, sur la conduite indigne de son mari, et plus souvent encore à sa vive inquiétude sur les dangers auxquels Ernest était exposé. Ni Adlau ni ses nouveaux amis n'avaient aucun soupçon de l'intérêt que prenait Cécile à l'homme dont ils redoutaient l'excessive bravoure, et contre lequel ils dirigeaient tous leurs efforts : Adlau était au contraire convaincu qu'elle était blessée de sa froideur avec elle, et qu'elle le détestait. Il pensait que c'est un genre de tort qu'une jolie femme ne pardonne jamais; et l'obstination qu'elle avait mise à quitter le château de Blankenwerth lui

en paraissait la preuve. Ils ne se gênaient donc
point pour manifester devant elle leur haine
et leurs projets de vengeance. Elle put conclure avec une extrême terreur, sur quelques
mots échappés en sa présence, qu'on formait
des plans pour perdre ce redoutable chef des
montagnards. Bientôt on s'expliqua plus clairement : son mari même voulut la mettre de
la conversation. On parlait des montagnes, de
leur situation, de leur forme, etc., etc., du
caractère et des mœurs de leurs habitans,
qu'elle devait connaître, y ayant passé son
enfance et sa première jeunesse; on voulait
qu'elle donnât des explications, qu'elle décri-
vit cette contrée. Elle frémit du but de ces
questions, et se contenta de répondre qu'elle
était trop jeune encore lorsqu'elle avait quitté
ce pays pour avoir pu faire aucune remarque.
Mais elle s'aperçut très-clairement qu'on formait un plan très-important pour lequel on
avait besoin d'Adlau. Elle voyait des allées et
des venues continuelles; on examinait avec
attention des cartes géographiques, des plans
géométriques; on réfléchissait, on avait l'air
de s'arrêter à une idée, puis de la rejeter aussitôt; on se parlait avec mystère; et son oreille

attentive saisit plus d'une fois le nom toujours
présent à sa pensée. Cécile suivait tous ces
mouvemens avec la plus vive inquiétude. Un
jour, étant entrée par hasard dans le cabinet
de son mari, elle y vit un dessin représentant
un paysage de montagnes, qu'elle reconnut à
l'instant pour celui qu'elle avait parcouru si
souvent dans son enfance. C'était un défilé
distant au plus d'une lieue du château de Blankenwerth, dans lequel on pouvait défendre
le passage qui conduisait dans l'intérieur du
pays. Cette circonstance confirma ses craintes,
et lui fit supposer une odieuse trame pour
surprendre Ernest. Quelque temps après elle
aperçut entre jour et nuit un homme enve-
loppé d'un grand manteau, qui entrait avec
précaution dans l'appartement d'Adlau. Il ne
la vit pas; mais elle reconnut tout de suite un
domestique de confiance d'Ernest, qu'elle
avait vu chez lui, dont elle lui avait entendu
vanter l'intelligence, et auquel il avait donné
un emploi important dans le corps de troupes
qu'il avait levé et qu'il commandait. Une
autre fois elle vit ce même homme se glisser
le soir chez un des principaux officiers ennemis, qui était logé dans son hôtel. Il était clair

qu'il trahissait son maître, et tout cela réuni lui prouva qu'il se tramait un affreux complot contre la vie de Blankenwerth, ou du moins contre sa liberté : dès lors elle prit la ferme résolution de l'avertir et de le sauver, quoi qu'il pût lui en coûter. Elle prit ce parti avec tout le courage et toute la fermeté que peuvent donner l'amour et la crainte pour un objet adoré. Il fallait cependant qu'elle eût des données plus certaines, qu'elle en sût davantage, avant de s'occuper des mesures qu'elle devait prendre; l'occasion s'en présenta bientôt. Dès le lendemain, Adlau lui annonça qu'il voulait donner à souper à quelques-uns de ses nouveaux amis. Depuis longtemps elle ne l'avait vu aussi gai que ce jour-là; et l'idée que l'infâme projet contre Ernest était enfin arrêté et prêt à être mis à exécution pénétra dans son âme comme un coup de poignard. Son plan fut aussitôt formé. Elle fit les plus grands efforts sur elle-même pour paraître plus sereine et plus forte qu'à l'ordinaire, elle dit à son mari qu'elle assisterait avec plaisir à ce souper, se sentant mieux portante depuis quelques jours. Sa santé ou sa maladie étaient assez indifférentes à son mari; mais il fut enchanté de la trouver aussi bien disposée, parce qu'il savait combien elle pouvait être aimable, et contribuer à l'agrément de la société. Tous ses convives lui avaient dit qu'ils espéraient voir sa charmante compagne : il craignait de ne pouvoir l'obtenir d'elle, et il fut charmé de n'avoir pas même à le lui demander.

Cécile fit les préparatifs de ce repas avec le plus grand soin : il fut exquis, servi avec la plus grande élégance, et la maîtresse de la maison en fit les honneurs avec les grâces les plus séduisantes. On causa gaîment; on s'épuisa en complimens flatteurs; on mangea bien; on but encore mieux, d'autant plus qu'on ne pouvait rien refuser à la femme charmante qui paraissait avoir oublié tous ses maux, et qui servait elle-même les vins les plus exquis et les liqueurs les plus fines et les plus parfumées. Bientôt cette profusion délia les cœurs et les langues : on commença à raconter des anecdotes plaisantes de la dernière guerre. Cécile amena adroitement la conversation sur l'avenir, et sur ce qu'on pouvait faire encore pour achever la conquête du pays, sur ce qui y mettait obstacle, etc., etc. Les convives, appartenant tous à l'armée ennemie,

se croyaient avec des amis gagnés et dévoués.
Ils dirent qu'on ne tarderait pas à venir à bout
de ceux qui résistaient encore ; et l'un d'eux,
remplissant son verre, porta un toast au *vingt-*
cinq du mois. Adlau y répondit en choquant
de son verre celui de l'officier ; les autres imi-
tèrent son exemple : on rit beaucoup ; on se
réjouissait d'avance de cette journée du vingt-
cinq, qui devait anéantir les rebelles, et du
plaisir qu'on aurait à se venger de leur chef.
Cécile frémissait ; cependant elle se contrai-
gnit, choqua son verre aussi en tremblant
comme la feuille ; mais aucun des assistans,
qui tous avaient la vue un peu troublée, ne re-
marqua son tremblement et sa pâleur. Elle se
retira chez elle en sortant de table : mille pensées différentes, mille résolutions confuses se
croisaient dans son âme tourmentée. Le danger que courait Ernest, le désir ardent de l'en
préserver, les obstacles qu'elle prévoyait, tout
enflammait son imagination, et mettait en jeu
toutes les facultés de son âme. Elle formait
une foule de projets qu'elle rejetait aussitôt :
la plus grande difficulté était de passer au travers des postes ennemis pour arriver à un village d'où l'on pouvait pénétrer sans danger

jusqu'auprès de Blankenwerth. Tantôt elle voulait lui écrire, tantôt lui envoyer un messager
affidé qui lui ferait une commission verbale ;
mais où en trouver un assez sûr qui voulût se
charger d'une entreprise aussi hardie, et qui
pouvait devenir si dangereuse pour celui qui
l'entreprendrait? Il y allait de sa vie s'il était
découvert. Déjà la moitié de la nuit s'était
passée sans sommeil et dans les plus vives alar-
mes, lorsque tout-à-coup, et comme un éclair
de lumière, l'idée de n'exposer personne et
d'aller elle-même se présenta à son esprit, ou
plutôt à son cœur : il valait mieux, en effet, ne
pas confier une affaire aussi importante à un
étranger indifférent... Elle la saisit avec avidité,
et vit dans les dangers qu'elle allait courir une
expiation de ses torts, qui les lui rendait un peu
moins pénibles. Tous les obstacles s'évanoui-
rent devant l'idée ravissante qui ranimait son
âme comme une flamme céleste, d'obtenir son
pardon d'Ernest, de désarmer sa haine, d'ex-
citer sa compassion, peut-être de mourir pour
lui.... Si je le sauve pour sa patrie, disait-elle
avec un sentiment de joie et d'orgueil, il ou-
bliera facilement des torts qui n'ont regardé
que lui, et dont j'ai été si punie.... Elle con-

centra toutes ses forces sur ce seul point, et
bientôt tout fut décidé. Elle écrivit cette même
nuit une lettre à sa propre adresse, en con-
trefaisant son écriture : elle l'envoya le lendemain cachetée à Amélie, l'une de ses intimes
amies, sans lui confier ce qu'elle contenait,
mais en la priant de la lui renvoyer dans la
journée, comme venant d'Ernestine. Elle la
reçut, et la lut tout de suite à son mari. Il y
était dit qu'Ernestine (qui habitait une contrée que l'ennemi n'occupait pas encore) était
tombée subitement très-malade, qu'on déses-
pérait de sa vie, et qu'elle désirait de revoir
encore une fois sa meilleure amie. Cécile déclara à Adlau qu'elle ne pouvait pas le lui refuser. Elle feignit la plus vive inquiétude,
combattit toutes les observations que son mari
fit contre ce voyage, dans une saison rigou-
reuse et au travers des armées. Elle eut un
moment la crainte qu'il ne s'offrît pour l'accompagner ; mais il n'avait nulle envie de
s'absenter dans un moment aussi critique, et
il n'en fut pas question. Cécile lui dit que le
général en chef étant ami d'Adlau, il pourrait
facilement lui procurer un passe-port qui lui ser-
virait à traverser les postes avancés de l'armée.

et à parvenir jusqu'à ceux de l'armée nationale. Un colonel de sa connaissance les commandait; et de là il n'y avait que deux lieues
jusqu'à l'habitation d'Ernestine; il n'y avait
aucun doute que ce voyage ne pût s'exécuter.
Adlau en convint, et céda aux instantes prières de sa femme pour lui permettre cette
course. Elle alla tout de suite elle-même chez le
général, lui exposa son ardent désir de revoir
une amie mourante, et lui demanda un passe-
port. Le général n'eut rien à refuser à une
femme aussi belle, aussi sensible : le passe-
port fut expédié à la minute, et même il lui
promit deux chasseurs à cheval pour l'escorter. Elle revint satisfaite chez elle, et fit les
préparatifs de son départ avec activité. On
était déjà au *vingt-deux* du mois, et il y avait
une journée de voyage très-forte jusqu'à Blankenwerth. Tout était prêt, excepté les chevaux
de poste : on ne pouvait en avoir que le lendemain. Cécile ne supporta ce retard insurmontable qu'avec la plus vive impatience. Enfin, le
vingt-trois si désiré commença à luire, et les
chevaux et l'escorte se trouvèrent avec le jour
devant l'hôtel : elle monta en voiture. Lorsqu'elle eut dépassé l'enceinte des murs de la

ville, il lui sembla qu'elle avait atteint une
partie de son but. Vers midi elle arriva aux
derniers postes de l'armée ennemie. Elle ren-
voya les deux chasseurs, et continua sa route
sur une terre amie, en respirant plus libre-
ment. Son nom, son passe-port, ses relations
avec l'officier qui commandait de l'autre côté,
lui ouvrirent tous les chemins. Le soir elle
était dans les bras d'Ernestine, qui se portait
à merveille, et qui ne pouvait en croire ses
yeux en voyant Cécile. La première chose que
fit la baronne d'Adlau fut de renvoyer l'é-
quipage qui l'avait amenée, afin qu'une curiosité indiscrète, ou un hasard malheureux,
ne découvrît pas sa supercherie. Rassurée sur
cette crainte, elle se jeta au cou de son amie,
et lui communiqua son projet aussi hardi
que romanesque. Elle voulait prendre un habit d'homme, et se rendre ainsi déguisée au
château de Blankenwerth, y chercher Ernest,
et lui remettre, sans se faire connaître, une
lettre qui contiendrait un détail circonstancié
de tout ce qu'il lui importait de savoir; puis
elle voulait s'éloigner promptement, pour lui
épargner à lui comme à elle un pénible embarras s'il la reconnaissait : seulement, quand

tout aurait réussi, quand ce terrible *vingt-cinq* serait passé, il devait apprendre qui l'avait averti, qui l'avait sauvé, qui avait tout hasardé pour lui.

Ernestine écouta le plan de son amie avec effroi : elle connaissait mieux que Cécile les difficultés et les dangers de cette entreprise. Les montagnes étaient déjà couvertes de neige ; on n'y voyait plus aucune trace de chemins ; à peine étaient-elles praticables pour les habitans les plus expérimentés de la contrée ; mais aucune de ces réflexions ne put arrêter la ferme résolution de l'amour. « J'irai en voiture aussi loin que je pourrai, dit Cécile, et quand cela ne sera plus possible, j'irai à pied.... » Ernestine lui représenta avec tendresse le mauvais état de sa santé et sa faiblesse. « Je ne me sens plus, répondit-elle, ni faible ni malade : le soin de ma santé peut-il d'ailleurs être pour moi de quelque intérêt, quand il s'agit de sauver Ernest ! Le grand air m'a déjà redonné des forces ; l'air vif de la montagne m'en rendra plus encore. Tu cherches en vain à m'arrêter, chère amie ; ma résolution est ferme, inébranlable : tu pourrais tout au plus en rendre l'exécution difficile si tu me

refusais ton assistance; mais je connais ton
amitié, dit-elle en jetant ses bras autour du cou
d'Ernestine, et ton admiration pour le héros
que je vais sauver : j'attends tout de ces deux
sentimens et du cœur de mon amie; tu ne
gâteras pas le seul, et peut-être le dernier
bonheur dont je puisse encore jouir ici-bas. »

Ernestine se tut et soupira : elle pressa
contre son cœur son exaltée Cécile, et alla
tristement s'occuper des dispositions nécessaires pour qu'elle pût faire sa route au moins
avec sécurité. Avant l'aurore du jour suivant,
un traîneau léger et commode se trouva dans
la cour du château : un domestique dont Ernestine avait éprouvé la fidélité, natif du
pays, qui connaissait chaque arbre, chaque
sentier des montagnes, devait accompagner
Cécile; et un habillement d'homme complet,
avec tous les moyens de se garantir du froid,
acheva de combler les vœux de la voyageuse.
Avec courage et sérénité, l'œil brillant de
plaisir et d'impatience, elle se plaça sur son
traîneau après avoir embrassé tendrement la
tremblante Ernestine : on l'aurait prise pour
un jeune homme de seize à dix-sept ans.

Elle n'avait plus de temps à perdre : le

jour si redouté, le terrible *vingt-cinq* de no-
vembre était le lendemain. Ernestine, tourmentée d'inquiétude, lui criait encore ses
adieux que le traîneau glissait déjà sur la
neige, et fut bientôt hors de sa vue. Le soleil
parut sur la cime des rochers, et la lumière,
réfléchie sur la plaine de neige, la rendait
plus brillante; l'air était pur et calme. Cécile
se sentait plus légère que dans l'atmosphère
pesante de la ville : elle respirait l'air natal; et
le noble but de son voyage se présentait à
son âme avec autant d'éclat que le soleil du
matin, et lui inspirait un véritable enthousiasme : c'est ainsi qu'elle fit heureusement
quelques lieues. Elle s'était déjà assez enfon-
cée dans les montagnes, lorsque peu à peu des
vapeurs grises et d'épais brouillards s'élevèrent
de tous côtés des vallées environnantes, se glis-
sant le long des rochers et des sombres forêts
de sapins : bientôt ils montèrent plus haut, et
obscurcirent le ciel, qui jusqu'alors avait été
si beau. Un vent aigre, soufflant de l'ouest,
amena d'épais nuages. Le soleil se cacha derrière ces amas obscurs de vapeurs; et de gros
flocons de neige commencèrent à tomber.
L'air devenait toujours plus aigu, plus froid,

plus pénétrant. Cécile s'enveloppa dans une
énorme pelisse qu'Ernest lui avait prêtée lorsqu'elle quitta Blankenwerth; elle entoura ses
pieds des couvertures de laine qu'Ernestine
avait eu soin de mettre dans le traîneau; mais
le froid surmontait toutes ces précautions, et
la perçait jusqu'aux os; sa poitrine se resser-
rait douloureusement; elle pouvait à peine
respirer. La neige devenait à chaque instant
plus épaisse; il en tombait une quantité que
le vent faisait tourbillonner en tous sens : elle
en était presque couverte. On aurait dit que
la nature et la tempête s'opposaient de toutes
leurs forces à ce voyage. Le vent soufflait
avec un bruit horrible au travers des ravins,
pliant presque jusqu'à terre les hauts sapins,
et chassait autour d'elle des milliers de flocons. On ne voyait pas à dix pas; à chaque
instant le conducteur était forcé de s'arrêter
et de descendre pour aller à la découverte du
chemin et ne pas tomber dans quelque pré-
cipice formé par des torrens, dont la surface
glacée était couverte d'un voile immense de
frimas. Le ciel, la terre, tout l'horizon étaient
confondus et ne présentaient plus qu'un affreux chaos de neige et de rocs grisâtres, où

l'on n'apercevait aucune trace d'hommes qui
eussent pu venir au secours des malheureux
voyageurs.

Bientôt il fut impossible d'avancer; les chevaux ne voulaient pas bouger de place. Cécile, à demi gelée, éprouvant d'affreuses
douleurs dans la poitrine, souffrait plus encore de l'idée que les élémens déchaînés re-
tardaient son voyage, et le rendaient peut-être
tout-à-fait inutile. Après une heure de tourment moral et physique, on entendit, malgré
le vent et la tempête, le faible son d'une
cloche qui sonnait midi : ce fut pour eux une
harmonie céleste; ils étaient donc peu éloignés
d'un village. Le chasseur s'orienta tout de
suite, nomma le village, et indiqua à peu près
la direction qu'il fallait prendre pour y arriver.
Ils y parvinrent après beaucoup de peines et
de dangers, et s'arrêtèrent dans un mauvais
cabaret. Plusieurs paysans se rassemblèrent
autour d'eux en les plaignant d'être en route
par un tel temps; tous les dissuadèrent d'aller
plus loin. Cécile s'informa à quelle distance
était le château de Blankenwerth : il n'y avait
plus que trois fortes lieues; mais aucune possibilité de les faire en traîneau. Près de ce

village il ne se trouvait plus de chemin pra-
ticable pour les chevaux : les sentiers étaient
couverts de plusieurs pieds de neige, et in-
trouvables. Cécile frémit en apprenant ce
nouvel obstacle : elle voulait en douter encore.
Elle demandait en tremblant à chaque personne qui entrait s'il n'y avait aucun moyen
d'arriver à Blankenwerth : tous donnèrent les
mêmes renseignemens. On pouvait sans doute
parvenir au château, mais à pied, et avec un
guide qui connût parfaitement le chemin. Que
devait-elle, que pouvait-elle faire? En proie aux
plus vives douleurs de poitrine, épuisée, quoiqu'elle eût une fièvre ardente, elle craignait
de ne pas trouver ses forces d'accord avec son
courage, et de succomber avant que d'arriver
au terme..... Mais l'espoir enchanteur de revoir Ernest, de lui rendre un service inap-
préciable, peut-être de lui sauver la vie, et de
le forcer, malgré lui, au moins à la reconnaissance, triompha de tous les obstacles.
Elle se leva, encouragea ses gens, qui lui faisaient en vain des représentations. Le chasseur
d'Ernestine, à qui sa maîtresse l'avait si fort
recommandée, lui offrit même d'aller seul,
et de se charger de faire la commission au

comte de Blankenwerth. Elle hésita un instant.
« Mais, se dit-elle en elle-même, s'il allait me
tromper, s'il s'effrayait des difficultés de la
route, s'il laissait écouler l'heure fatale, et
qu'Ernest fût averti trop tard ! Non, non, cela
est impossible ; il faut que j'aille moi-même.
Comment pourrai-je espérer d'un homme à
gages la confiance, le courage qui me restent
à peine à moi-même ? Non, non, il faut aller.... » Et elle en déclara l'inébranlable résolution.

Dès que les chevaux furent un peu reposés,
Cécile et ses gens, à demi réchauffés, se re-
mirent en route. Par bonheur il cessa de nei-
ger ; on pouvait au moins voir le pays à quelque distance, mais non reconnaître la route.
A une lieue du village on prenait le chemin
escarpé et tortueux de la montagne, où les
chevaux devenaient inutiles : elle descendit de
traineau. Deux paysans, qu'elle avait engagés
à prix d'argent à lui servir de guides, s'effor-
cèrent d'écarter la neige, et de tracer devant elle une espèce de sentier : et c'est ainsi
qu'avec des peines effroyables et une lenteur
désolante elle continua sa route à pied, avec
sa petite escorte. Mais bientôt elle sentit que

les forces lui manquaient absolument, et qu'elle
ne pouvait plus marcher. Le jour commençait à baisser, et il y avait encore plus d'une
lieue à faire. Elle fit un dernier effort, et en
souffrant presque au-delà des forces humaines,
elle parvint au sommet de la montagne. Elle
n'avait plus qu'à descendre, mais elle tremblait de froid, de mal, d'angoisses, et pouvait
à peine marcher. Ils rencontrèrent un paysan
qui sortait de la forêt avec une charge de bois
sur son dos, et qui prenait comme eux le
chemin du vallon; il considérait avec surprise
ce jeune homme si délicat, qui voyageait si
tard et dans une si terrible saison, et se trouvait dans le voisinage du château de son seigneur, situé loin de toute grande route. Cécile
l'aborda, et s'informa du comte de Blankenwerth, en disant qu'elle était *son ami*, et
qu'elle lui apportait une nouvelle importante.
Le paysan la regarda avec méfiance; il craignait quelque trahison, et trouvait ce joli
messager bien *jeune* pour être l'ami de son
maître : cependant il lui répondit poliment et
avec douceur. Il lui dit que le comte n'était
point dans son château, que, depuis deux
jours, il gardait avec sa troupe le défilé qui

défendait le vallon, et qui était encore à deux
lieues plus loin. Il ajouta qu'on avait remarqué un mouvement dans les postes ennemis,
et qu'on soupçonnait qu'ils avaient des intentions contre ce passage.

Cécile fut atterrée. Après tout ce qu'elle
avait entrepris, tout ce qu'elle avait souffert,
elle allait échouer au port. En vain elle aurait
voulu essayer d'aller plus loin; la nuit arrivait : on ne pouvait déjà presque plus distinguer le sentier. Le paysan la tranquillisa un
peu en lui disant que la lune se lèverait après
minuit, et qu'elle pourrait alors continuer sa
route avec plus de sûreté et de facilité. Il lui
offrit jusqu'alors un asile dans sa cabane,
une des plus rapprochées du vallon; mais ce
n'était pas seulement par hospitalité qu'il lui
faisait cette offre, il voulait ainsi s'assurer de
cet étranger, qui lui paraissait suspect.

Arrivés à la cabane, la femme du paysan
la reçut avec une grande surprise, mais cor-
dialement. Elle prépara au jeune et joli cavalier la meilleure couche qu'elle eût, et lui
donna des alimens. Cécile accepta tout avec
une vivacité qui faisait un singulier contraste
avec son extrême fatigue et son épuisement.

mais aussi avec une agitation visible, quoiqu'elle ne pût presque plus ouvrir les yeux de
sommeil. Elle fut obligée d'y céder; mais elle
pria instamment qu'on voulût bien la réveiller
à l'instant où la lune paraîtrait sur l'horizon.
Elle s'endormit dès qu'elle fut couchée; mais
au bout d'une heure l'inquiétude de son âme,
plus forte encore que le besoin du repos, la
réveilla. C'est ainsi que, combattue entre la
fatigue la plus extrême et la plus terrible
anxiété, elle passa quelques heures qui ne la
reposèrent pas du tout, et qui lui parurent
autant de siècles. Ce fut elle qui réveilla ses
gens dès qu'elle aperçut dans le firmament
une espèce de clarté. On se prépara à partir:
la nuit était extrêmement froide, mais calme;
la lune jetait une lumière brillante dans le
bleu foncé du ciel, et sur la terre couverte
de neige. On se mit en route; le chemin
tournait la montagne, qu'il fallait descendre
en entier pour arriver dans le vallon étroit
où Ernest campait depuis deux jours et deux
nuits, sans cesse sous les armes avec sa troupe.
Déjà Cécile avait atteint, avec les plus pénibles efforts, le dernier contour, et elle voyait,
depuis la dernière hauteur, dans le fond du

défilé, briller les feux des postes et des gardes
avancés; c'était là que devait se trouver Blankenwerth. Il n'y avait donc encore rien de
perdu; elle allait atteindre à temps le but du
voyage : le soleil du terrible *vingt-cinq* était
loin d'être levé. Cette idée la remplit de joie
et ranima ses forces. Elle avança encore avec
courage ; mais lorsqu'elle fut assez près pour
voir Ernest et le reconnaitre, son cœur battit
avec une telle violence qu'il ne lui fut plus
possible de marcher. Elle s'arrêta, tira de
son sein la lettre qu'elle avait préparée, et, la
donnant au chasseur, elle lui dit d'aller la remettre au comte de Blankenwerth. Elle voulait seulement la lui voir recevoir, surtout la
lui voir lire, puis rebrousser chemin, retourner dans la cabane du paysan, et de là chez
Ernestine. Appuyée contre un arbre, elle suivit
des yeux son messager; elle vit en effet Ernest
prendre la lettre et la lire avec un mouvement de surprise : il la repliait en regardant
avec attention l'écriture, et déjà Cécile était
tournée pour repartir, lorsque subitement
plusieurs hommes sortirent de derrière des
buissons et voulurent la saisir, croyant que
c'était un espion des ennemis. Effrayée, elle

s'imagina d'abord qu'Adlau avait envoyé à
sa poursuite, et se mit à courir du côté des
feux en bas de la montagne, pour chercher
secours et protection auprès d'Ernest; ces
hommes la suivirent, son pied glissa; elle
croyait courir sur un terrain solide, mais elle
était sur un grand fossé rempli de neige, et
elle ne put se soutenir. Croyant toucher à son
dernier moment, elle pousse un cri perçant,
nomme Ernest, et tombe en s'enfonçant dans
un abime glacé, où elle perdit tout-à-fait connaissance.

Blankenwerth entendit ce cri et son nom
prononcé par une voix trop bien connue, qui
le fit tressaillir jusqu'au fond de l'âme; il se
précipita du côté où il l'avait entendue. Le
paysan chez qui Cécile s'était reposée quelques heures avait conçu une défiance extrême
sur ce jeune homme, si pressé de joindre son
seigneur : dès qu'elle avait été couchée, il avait
couru à l'endroit où campait le comte, pour
lui faire le rapport de la singulière rencontre
qu'il venait de faire, et pour l'avertir de se
tenir sur ses gardes contre ce jeune inconnu,
qui se disait son ami, et dont l'agitation lui
avait paru très-équivoque.

Le comte, qui n'attendait aucun ami, qui
n'en avait point de l'âge dont on lui dépeignait
celui-là, soupçonna que ce pouvait être en
effet quelque embûche de l'ennemi : il donna
l'ordre de surveiller attentivement cet étranger s'il s'approchait. Le paysan s'était placé
en embuscade avec quelques autres; ils avaient
attendu l'arrivée du jeune homme, et remarqué qu'il n'avait pas osé paraître devant le
comte, dont il s'était dit l'ami, et qu'il avait
fait mine de s'enfuir après avoir fait remettre
une lettre. Cette singulière conduite avait
confirmé tous leurs soupçons, et ils réso-
lurent de l'arrêter et de le conduire à leur
chef. La terreur de l'étranger en se voyant
poursuivi, ses efforts pour leur échapper, leur
parurent une preuve certaine que c'était un
traître; et lorsqu'ils le virent tomber, ils se
jetèrent sur lui pour le saisir.

Ernest arriva au moment où on relevait Cécile toute couverte de neige. Il frémit en
voyant sur les bras de ses gens un adolescent
pâle comme la mort et sans mouvement : il
s'approche, et veut tâcher lui-même de le
rappeler à la vie; il soulève sa tête : le chapeau rabattu sur les yeux du jeune homme

tombe, et de longs cheveux noirs se répandent autour de ses bras. Il tressaille, une idée à la fois ravissante et terrible pénètre dans son âme; de la main qu'il avait libre il saisit un flambeau qu'un de ses gens tenait; il l'approche de ce visage inanimé et le reconnaît. «Dieu! Cécile!» s'écrie-t-il en se jetant à genoux et pressant contre ses lèvres la main défaillante de cette femme, qui dès cet instant reprenait tous ses droits sur le cœur de celui qui n'avait jamais cessé de l'aimer. Au même moment, on entend des coups de feu dans l'éloignement; des voix répètent: *Aux armes! voici l'ennemi!* «Grand Dieu! s'écrie Blankenwerth en se relevant, mais sans abandonner la main qu'il pressait entre les siennes, voilà l'ennemi, et ici Cécile mourante!...» Tous ses traits exprimaient le désespoir le plus affreux: pendant une minute il resta immobile; puis, se tournant vers ceux qui l'entouraient et témoignaient le plus grand étonnement, il leur dit d'un ton ferme et déchirant: «Amis, ce jeune homme est une femme vertueuse, respectable, qui a tout risqué pour me sauver; je vous la remets; vous m'en répondrez sur vos têtes: qu'on la porte tout de suite à Blan-

kenwerth. » Il se jeta encore une fois à genoux
devant elle, baisa ses mains glacées avec un
mouvement passionné, et il vola au combat
à la tête de sa troupe.

Ses ordres furent exécutés avec le zèle le
plus actif, inspiré par l'amour que portaient
tous les paysans à cet excellent maître. Bientôt Cécile fut établie dans la demeure de son
heureuse enfance : un chirurgien de bataillon,
envoyé par le comte, y arriva presque aussitôt qu'elle. Il lui ouvrit la veine, et employa
tous les secours de son art pour la rappeler à
la vie : il y réussit avec peine. Cécile promène
autour d'elle des regards étonnés ; des objets
chéris, et qu'elle reconnaît aussitôt, s'offrent à
sa vue ; elle se voit sur le lit de sa mère, dans ce
même cabinet jaune qu'elle avait laissé quelques mois auparavant ; mais *lui* n'était pas
là.... Elle le cherche des yeux avec inquiétude ; elle le demande à ceux qui la soignent ;
on lui dit qu'il va bientôt paraître : mais au
même instant des coups de canon, et le bruit
horrible d'un combat à peu de distance, la
rejettent dans les plus cruelles angoisses. *Elle*
se rappelle que c'est le *ringt-cinq*, qu'Ernest
ne peut avoir eu le temps de se préparer à la

défense, qu'il est au milieu de mille foudres, peut-être même déjà blessé, peut-être.... qu'il n'existe plus. Elle veut se lever, le joindre, mourir à ses côtés en implorant son pardon : une faiblesse insurmontable l'enchaîne sur sa couche. Quelquefois cette faiblesse est au point de lui faire perdre de nouveau l'usage de ses sens : elle revient à elle pour entendre encore ces coups effrayans qui retentissent dans son cœur. C'est ainsi que se passèrent deux heures, qui lui parurent une éternité de tourmens. Cependant les décharges de canon deviennent moins fréquentes; elles paraissent s'éloigner : sans doute le combat va finir.... Mais Ernest reviendra-t-il? Le reverra-t-elle avant que d'expirer? Elle croit entendre des sons harmonieux dans le lointain; ils s'approchent. On distingue la musique militaire qui joue la marche bien connue du régiment des montagnards de Blankenwerth : l'espérance rentre dans son cœur et le ranime. Ils reviennent triomphans, joyeux; leur chef vit donc encore : c'est lui qui est vainqueur, il a échappé aux piéges qui lui étaient tendus, aux dangers qui le menaçaient : tous les vœux de Cécile sont exaucés.

La troupe a bientôt gagné le château. La porte du cabinet s'ouvre, et Blankenwerth est aux pieds de Cécile. Il venait d'apprendre, par le chasseur d'Ernestine, tout ce qu'elle avait souffert, tout ce qu'elle avait entrepris pour l'avertir du danger qu'il courait. D'après la lettre qu'elle lui avait écrite, il sut qu'il avait auprès de lui un traître, qu'elle lui désignait : il put l'éloigner dans le moment décisif, et par ce moyen si simple, il déjoua les ruses de l'ennemi et s'assura la victoire. Pénétré de la plus tendre reconnaissance et du bonheur d'intéresser une fois sa Cécile, de trouver en elle l'être idéal de son imagination, une amie aussi aimante, aussi dévouée, aussi courageuse, il a oublié tout le passé ; il la serre dans ses bras et contre son cœur : mais cette transition si violente et si prompte était trop forte pour elle : il s'aperçut qu'elle était inanimée... Il la reposa sur ses coussins avec une extrême frayeur, et fit signe au chirurgien d'approcher : il n'osait pas lui demander ce qu'il pensait, mais ses regards attachés sur lui exprimaient la plus horrible anxiété. Elle augmenta lorsque le chirurgien secoua la tête avec un geste douloureux.... « Dieu ! s'écria

Ernest, n'avez-vous plus d'espoir ? — Je suis
affligé, M. le comte, d'être obligé de vous dire
que je n'en vois aucun de conserver la vie à
cet ange : la nature a trop souffert, et chaque
respiration peut être la dernière. » Ernest
entendit en frémissant cet arrêt de mort...
« C'est pour moi, c'est pour me sauver qu'elle
expire ! » Cette idée retentit comme un coup de
foudre jusqu'au fond de son âme... Il se précipita encore à genoux à côté du lit, et l'appela
avec les accens et les noms les plus tendres,
jusqu'à ce que la voix de l'amour l'eût ranimée.
Elle entr'ouvrit les yeux, le regarda avec un
doux sourire, souleva sa faible main pour
prendre celle d'Ernest, et la pressa contre sa
poitrine déchirée par les plus vives douleurs,
et contre son cœur. « M'as-tu pardonné, mon
Ernest ? lui dit-elle d'une voix presque éteinte.
Prononce le pardon de ta coupable Cécile,
ici, où ma mère nous réunit si souvent dans
ses bras ; que le souvenir de notre enfance
efface dans ton cœur le souvenir de ma jeunesse... Ernest, que je ne meure pas avec ta
haine et ton mépris : donne-moi l'espoir con-
solant qu'un jour nous nous retrouverons. »
Elle se tut. L'effort qu'elle avait fait pour par-

ler était plus qu'elle ne pouvait supporter :
elle abandonna la main du comte, et, joignant
les siennes comme pour prier, elle attacha sur
lui son regard suppliant. Le héros n'était dans
ce moment qu'un homme faible et bouleversé :
des torrens de larmes coulaient des yeux de
celui qui venait de gagner une bataille. Il ne
put articuler un seul mot ; mais sa bouche se
posa sur la main de Cécile, qui fut inondée
de ses pleurs ; et ce fut pour elle le plus beau
moment de sa vie : elle le comprit, elle sentit
au fond de son cœur consolé qu'Ernest lui rendait son amour et son estime.

Plusieurs médecins habiles furent appelés.
Ernest ne pouvait supporter l'idée de la perdre. Tout fut employé pour retenir cette précieuse vie qui s'enfuyait rapidement ; mais
tout fut inutile. Esnest inventait chaque jour
de nouveaux moyens de la soulager, de la consoler : il y réussissait momentanément. Cécile
se croyait déjà dans le paradis : ses derniers
jours étaient embellis par l'amour de celui
qu'elle idolâtrait, mais il n'y avait plus de
guérison à espérer ; elle ne le désirait pas
même. Elle savait bien que ce n'était que la
certitude d'une mort prochaine qui lui don-

nait la possibilité de se livrer à ses sentimens :
ce n'était que parce qu'ils devaient bientôt être
séparés à jamais qu'ils osaient s'aimer : la
mort purifiait et sanctifiait leur attachement
mutuel ; son rétablissement l'aurait pour toujours séparée de son vertueux ami, car elle
était la femme d'un autre. Elle le répétait souvent à Ernest, et changeait ainsi quelquefois
un sombre désespoir en une douce mélancolie. Dans une de ces heures douloureusement
heureuses, où leurs âmes réunies par le même
sentiment, ne pouvant plus espérer aucune
félicité sur la terre, se plaisaient à errer dans
un meilleur avenir, elle lui demanda la faveur
d'obtenir une place dans le caveau des sépultures de sa famille, à côté de lui et de ses parens. Profondément attendri, il pressa contre
son cœur cette femme chérie, et la remercia
mille fois de cette touchante demande, qui
apportait quelque soulagement à sa douleur.
Depuis ce moment, ils s'attachèrent tous les
deux à cette idée de réunion dans le tombeau
et dans une meilleure vie : elle semblait adou-
cir leurs peines et les changer en bonheur.
C'est là, se disaient-ils avec exaltation, c'est
là que deux êtres qui furent destinés à s'unir

sur la terre seront enfin réunis dans l'éternité.

Il y avait huit jours que Cécile luttait contre la mort au château de Blankenwerth, et s'affaiblissait toujours de plus en plus, lorsqu'on apprit par des lettres de la ville que le baron d'Adlau, accusé par les chefs ennemis d'avoir mal servi leurs intérêts dans la dernière entreprise contre Blankenwerth, et de les avoir trahis, avait rejeté sur sa femme tous les torts dont on voulait le charger, et que, pour prouver qu'il n'était point complice de ses intelligences avec le chef de l'armée nationale, il disposait tout pour faire prononcer son divorce et se faire adjuger tous les biens de Cécile. On ajoutait que dès qu'il l'aurait obtenu, il épouserait sans doute la femme à qui il était attaché, et qui, depuis le départ de la baronne, vivait avec lui. Ces nouvelles ne pouvaient rien ajouter à l'horreur et au mépris que Cécile avait conçu pour Adlau; mais elle pensa avec satisfaction qu'une telle conduite la déliait de tous ses devoirs envers un homme aussi abject, et qui rompait lui-même d'une manière aussi scandaleuse les nœuds qui l'attachaient à lui, en la mettant à l'abri de tout reproche dans l'opinion publique.

L'amie du noble, du digne Blankenwerth,
n'était plus la femme du vil Adlau. Elle savait
bien cependant que, lors même que par un
miracle qu'elle n'espérait ni ne désirait, elle
reviendrait à la vie, elle ne serait jamais la
femme d'Ernest : dans les principes de cet
homme religieux, le sacrement de mariage
était indissoluble; et, tant qu'Adlau aurai
vécu, il ne pouvait voir dans Cécile qu'une
femme liée à un autre homme, et à laquelle il
ne pouvait s'unir. Mais il ne s'en crut que plus
obligé à protéger et à soigner une femme si
malheureuse, et qui mourait pour lui. Chaque
matin il la trouvait plus affaiblie, et il voyait
approcher avec une profonde douleur le jour
qui serait le dernier. Elle était toujours calme
et résignée, et demanda enfin les derniers se
cours de l'église, qu'elle reçut avec une foi
une dévotion, qui étaient l'ouvrage d'Ernest
et qui les soutint tous deux dans ce terrible
moment. Elle expira dans la soirée du même
jour, qui était sombre et orageuse, aussi doucement que si elle s'était endormie; elle rendit le dernier soupir dans les bras d'Ernest,
avec la même sérénité qui avait embelli ses
derniers jours, sûre d'être aimée, et prenai

un tendre congé de celui qu'elle avait connu trop tard pour son bonheur ici-bas, mais qui lui en assurait un plus durable dans le sein d'un Dieu vers lequel il avait ramené son esprit égaré.

Une sombre mélancolie succéda chez Ernest au désespoir violent auquel il s'abandonna dans les premiers jours qui suivirent cette séparation; mais son âme affaissée se releva en s'attachant aux sublimes consolations qu'offre la religion. Cécile n'était plus comme autrefois perdue à jamais pour lui; il était sûr de la retrouver dans les demeures célestes; il savait que leurs dépouilles mortelles reposeraient ensemble. Il devint plus calme, et retrouva par degrés la faculté de s'occuper du service de sa patrie, sans rien perdre de sa tristesse intérieure, ni du souvenir de Cécile. La défense et les grands intérêts de son pays reprirent leurs droits sur son âme; il mit à les soutenir toute la chaleur et l'énergie de son caractère; il les confondait avec l'objet de son unique, de son éternel amour. Mais il trouva de nouvelles peines dans ces occupations. L'ennemi fit des progrès si rapides que la résistance dans les montagnes devint chaque jour plus inutile et plus isolée : enfin il reçut avec une douleur inexprimable un ordre supérieur d'y renoncer. Il entra sans retard dans les troupes de ligne; son esprit vraiment militaire, ses talens, son mépris pour la vie, le firent bientôt distinguer avantageusement; mais la fortune avait abandonné les bannières de son pays. Tous les efforts de la valeur échouèrent contre le plus grand nombre et contre la trahison intérieure. Blankenwerth ne désirait que la mort : survivre à la fois à sa chère Cécile et à sa patrie était trop pour lui; il eut le bonheur de la trouver dans la bataille qui décida du sort de ses compatriotes. Ses dernières paroles furent un ordre de le transporter à Blankenwerth, et ses yeux se fermèrent pour jamais. On trouva sur son sein le portrait de Cécile, à son doigt l'anneau nuptial, qui ne l'avait jamais quitté depuis son enfance. Il fut enseveli, d'après ses dernières volontés, à côté de Cécile, entre les cercueils de ses parens.

Il était le dernier de son nom, et son illustre famille s'éteignit avec lui; ses terres furent divisées et vendues. Le pays lui-même était devenu une province conquise. L'Industrie et

l'économie rurale se partagèrent les posses-
sions des anciens chevaliers et de leur noble
lignée. Le château de Blankenwerth est tombé
en ruines, il n'en reste plus que la chapelle
et le caveau sépulcral. Le peuple de la campagne y va encore en pélerinage comme dans
un saint lieu, et se rappelle tristement et ses
anciens seigneurs et le temps passé.

FIN.

ALICE,

OU

LA SYLPHIDE,

NOUVELLE IMITÉE DE L'ANGLAIS,

DE LA DUCHESSE DE DEVONSHIRE.

> On a vu dans les dangers des exemples d'un
> courage extraordinaire chez les femmes,
> mais c'est toutes les fois qu'une grande
> passion ou une idée qui les remue vive-
> ment les enlève à elles-mêmes.
>
> THOMAS.

AVANT-PROPOS

DU TRADUCTEUR.

⸻⸻⸻

Cette Nouvelle a déjà paru en 1796, im-
primée à Lausanne, en très-petit in-12, sans
nom d'auteur ni de traducteur : décidée aujourd'hui à la réunir à mes autres ouvrages,
je viens les nommer l'un et l'autre. L'auteur,
qui n'existe plus, était la belle, la célèbre
duchesse de Devonshire, qui joignait l'esprit
et le talent à tous ses autres avantages, et
qui composait en anglais de charmans petits
contes ou *Novels* qui faisaient les délices de
ses amis. N'ayant pu me procurer que celui-
ci, je m'empressai de le traduire, sinon litté-
ralement, du moins sans rien changer au
fond. Je n'y mis pas son nom; elle vivait encore, et je n'avais pas son aveu : je n'y mis

13

pas le mien, trop peu connu alors pour ajouter quelque prix à cet ouvrage : à présent j'ose espérer qu'il n'y nuira pas. Je réimprime *Alice* dans le même format que mes précédens ouvrages, et avec d'autres Nouvelles.

L'auteur de cette bagatelle n'existant plus, je me suis permis d'allonger un peu sa fable pour la rajeunir, sans rien changer au plan primitif. J'ai mis plus tôt la Sylphide en scène, et donné au jeune homme une disposition qui rend sa crédulité plus vraisemblable; mais j'ai d'ailleurs conservé tout ce qui était dans l'édition précédente; seulement je retranche la plus grande partie d'une petite épître en mauvais vers adressée à celle qui ne peut plus les lire. Je n'en conserve que ceux qui ont un rapport direct avec mon métier de traducteur, et dont je sens tous les jours davantage la vérité; les voici :

> Mais de la palette savante
> Où Rubens broyait ses couleurs,
> Jamais le burin des graveurs
> Ne rend la fraîcheur éclatante,
> Et c'est le sort des traducteurs.
> On sent ces grâces fugitives
> Dont le bon goût a le secret;
> Fines, touchantes ou naïves,

Il les indique d'un seul trait ;
Mais leur charme tient du prestige,
On n'en saisit jamais l'esprit :
C'est la rose qui se flétrit
Dès qu'on la dérobe à sa tige ;
Et si de leurs traits enchanteurs,
Sous la main des imitateurs,
On retrouve encor quelques traces,
C'est qu'il reste un parfum de fleurs
Partout où passèrent les Grâces.

Je désire fort qu'on retrouve en effet un peu de ce doux parfum dans ce petit ouvrage, qui n'aura pas le mérite de la nouveauté, mais qui, ce me semble, méritait d'être tiré de l'oubli dans lequel il était sans doute, ne fût-ce qu'à cause de son auteur..

I. DE MONTOLIEU.

AVERTISSEMENT

DE L'AUTEUR.

L'HISTOIRE qu'on va lire a été trouvée dans les papiers d'un seigneur français, qui la laissa à ses enfans par son testament. On a supprimé les noms par respect pour cette famille, et les dates ne sont pas marquées; mais on imagine qu'elles peuvent se rapporter au dernier siècle (1).

---

1) On a conservé ce petit avertissement, qui, d'après surtout ce qui vient d'être dit plus haut, ne donnera le change à personne, mais qui, comme une sorte d'introduction, sert à l'intelligence des premières lignes de l'ouvrage.

ALICE,

ou

LA SYLPHIDE.

À MES ENFANS.

Un mot qui échappa l'autre jour à votre aimable mère, vous a donné, mes chers enfans, un désir ardent de connaître les événemens qui ont précédé notre mariage, et qui décidèrent de mon sort. J'ai obtenu son aveu, et je vais me retracer avec bonheur ce temps de ma jeunesse, où j'éprouvai pour la première fois un sentiment qui s'est augmenté avec les années, et qui durera jusqu'à la fin de mon existence. Puissiez-vous, mes chères filles, en inspirer d'aussi durables, et fondés sur des bases aussi solides; et vous, mes fils, puisse mon exemple vous servir de leçon contre les dangers de votre âge, auxquels je me suis vu près de succomber.

Mon père était frère cadet du maréchal D...;
ils étaient unis par l'amitié la plus intime. Mon
oncle était vraiment un vieux gentilhomme
français, et dans sa conduite et dans ses sentimens; on voyait revivre en lui les du Gues-
clin, les Dunois, les Bayard, tous les preux
chevaliers du temps passé. Son caractère se
composait de bravoure et de galanterie; l'honneur était son idole; il avait de la générosité,
une bonté affable, et un enthousiasme pour
la vertu qui prenait quelquefois une teinte
un peu romanesque. Mon père ne lui était
pas inférieur en bonnes qualités. Les deux
frères vivaient ensemble; mon oncle, qui s'é-
tait marié assez tard à une riche et belle
héritière de la maison de Zelve, avait eu le
malheur de la perdre. Son désespoir fut extrême; et, pour chercher quelques consolations, il s'était retiré dans la douce société
de son frère et de sa belle-sœur, avec sa fille
unique, dont la naissance avait coûté la vie à
sa mère.

J'avais quelques années de plus que ma cousine Adélaïde. Quoique ce fût une enfant
très-aimable, et que je lui fusse tendrement
attaché, jamais je n'avais songé à l'aimer

autrement que si elle eût été ma sœur. Je savais qu'il m'était impossible de l'épouser;
elle était destinée à un prince de Zelve, de la
famille de sa mère, et ce mariage devait terminer un procès considérable, assurer de
grands biens à son père, et réunir sur elle
toutes les richesses de cette maison. Elevés
tous les deux dans cette idée, notre relation
ne pouvait être qu'une tendre amitié; on ne
lui laissa d'ailleurs pas le temps de changer de
nature. Ma cousine avait dix ans, lorsque mon
père fut nommé à l'ambassade de Naples. Quelque flatteuse que fût pour lui cette distinction,
il n'en sentit pas moins le chagrin de se séparer de son frère, et de renoncer à notre tranquille bonheur domestique. Je le suivis en
Italie, où les négociations qu'il eut à traiter
étaient si importantes qu'il ne put obtenir
qu'après plusieurs années la permission de
revenir. Enchaîné par ses devoirs, il se refusa
même le plaisir d'assister au mariage de sa
nièce Adélaïde, qui eut lieu cinq ans après sa
nomination à l'ambassade.

Suivant l'usage de France, mon rang comp-
tait dans l'armée depuis mon enfance, et
j'avais une compagnie dans le régiment de

mon oncle, que j'étais destiné à commander un jour. Mais, comme nous étions en pleine paix, mon père avait obtenu sans peine pour moi le congé qui m'était nécessaire pour une longue absence : cependant, ne voulant pas me laisser perdre mes plus belles années en Italie, il m'envoya parcourir les différentes cours de l'Europe, avec un vieil officier qui devait me servir de mentor.

Je n'allongerai pas mon récit d'aventures communes à tous les jeunes gens. J'avais vingt-deux ans lorsque je retournai à Naples, au commencement de l'automne, d'après les ordres de mon père. Il m'apprit qu'il allait me renvoyer en France. La guerre était au moment de se déclarer. Il voulait qu'avant de faire ma première campagne je fusse à même de former quelques liaisons avec mes compatriotes, et de cultiver les dispositions favorables de mes supérieurs; mais un autre motif, plus puissant encore, était le désir que mon oncle lui avait témoigné de me revoir. Le prince de Zelve était mort; ma cousine devait passer au couvent la première année de son veuvage. Mon oncle se trouvait ainsi tout seul, et serait charmé de m'avoir auprès de lui; il

avait même une grande envie de me fixer à
Paris, parce que l'on croyait que ma cousine
se remarierait, à l'expiration de son deuil, au
jeune duc de Vintimille. C'était un mariage
d'inclination, sur lequel il fallait, pendant
quelque temps, garder le plus grand secret,
par respect pour la mémoire du prince de
Zelve.

Après m'avoir instruit de tous ces détails,
mon père ajouta : « Allez, mon fils, et ne
rougissez pas de montrer constamment à votre
oncle l'obéissance la plus tendre et la plus
respectueuse; suivez ses avis, et imitez ses
vertus si vous voulez vous rendre digne de
ses bontés, et faire le bonheur et la gloire de
vos parens. »

Je passai peu de jours à Naples; et, malgré
mes regrets de quitter encore un père, une
mère que je chérissais, je ne pouvais songer
sans un tressaillement d'impatience à la vie
nouvelle dans laquelle j'allais entrer. Un caractère naturellement timide et romanesque
avait prolongé ma jeunesse, je dirais presque
mon enfance, si ce mot ne présentait pas une
idée ridicule pour un jeune homme de vingt-
deux ans. Cet état ne pouvait d'ailleurs se

rapporter qu'à mon cœur ; j'étais assez formé
à tout autre égard, mais mon cœur sommeillait
encore , ou plutôt il habitait un monde idéal.

C'était le moment où la charmante fiction
des Sylphes avait pris une apparence de réalité sous la plume ingénieuse du comte de
Gabalis. Son ouvrage m'était tombé sous la
main lorsque j'entrais dans ma dix-huitième
année : c'est l'âge le plus dangereux pour les
impressions nouvelles; le cœur les reçoit avec
avidité, et la raison n'est pas encore assez
formée pour servir de contre-poids. Mon cœur
fut séduit, ma raison se tut; de ce moment je
n'avais plus rêvé qu'au bonheur d'être aimé
d'une habitante de l'air , et cet espoir m'avait
rendu indifférent pour toutes les beautés de
la terre. C'est dans cette disposition que je
partis pour mes voyages. Ma mère était ma
confidente ; elle souriait de mes rêveries , elle
m'en plaisantait , mais ne cherchait pas à les
détruire. Cette bonne mère y voyait sans
doute un préservatif pour mes mœurs, et sous
ce rapport elle avait raison. J'avais une espèce
d'horreur pour tout ce qui m'aurait éloigné de
mon but; et le comte de Gabalis m'ayant as-
suré qu'une des premières conditions pour

être en relation avec les Sylphes, était la pureté de l'âme et l'innocence du cœur, je m'ap-
pliquai à bannir de mon imagination toute
pensée qui aurait pu les altérer. Souvent cependant je fus entraîné sur les pas de quelque
jeune beauté, dont la taille svelte, le teint
transparent, la démarche légère avaient quelque chose d'aérien; mais bientôt je découvrais une mortelle, et le danger était passé.
Si ma chimère avait cet avantage, il n'est
pas douteux cependant que d'un autre côté
elle retardait mes progrès dans l'usage et la
connaissance du monde où j'étais appelé à vivre. Aucune Sylphide ne m'avait encore jugé
digne de descendre pour moi de son séjour
céleste; aucune mortelle ne me paraissait digne de mon attention. Je vivais donc presque
seul; même en société, uniquement occupé
de mes illusions, je négligeais la réalité : cependant je m'efforçais d'éclairer mon esprit
pour n'être pas trop inférieur à la céleste amie
dont j'attendais toujours l'arrivée; et mon
mentor, homme instruit, était ainsi que mes
instituteurs assez satisfait de mon application
dans mes différentes études, sans en soupçonner le motif. Une crainte extrême des railleries

sur une matière qui me paraissait tout ce qu'il y avait de plus respectable et de plus sublime me faisait renfermer avec soin mes idées. Je m'exerçais ainsi à une discrétion telle que la Sylphide la plus difficile sur cet article en aurait été satisfaite, et j'attendais avec une grande impatience le moment fortuné où quelque signe imperceptible pour tout autre que pour un adepte m'avertirait de son arrivée. Que de fois un reflet de la lune pénétrant dans ma chambre au travers de la jalousie, un léger bruit, quelques sons de musique dans l'éloignement, le vent agitant mes rideaux, ont fait battre violemment mon cœur! Je me relevais, je prêtais l'oreille, toutes les facultés de mon âme étaient suspendues. Mon imagination ajoutait pendant quelques instans au prestige; et quand enfin il était complétement dissipé, quand j'étais forcé de rougir vis-à-vis de moi-même de mon erreur, je me consolais en me disant : Je suis trop jeune encore, attendons, redoublons de sagesse et de confiance, et enfin elle viendra; je ne veux pas me permettre l'ombre d'un doute. Alors je reprenais mon cher comte de Gabalis, qui ne me quittait jamais et m'entretenait dans cette espèce

de folie, qui ne fit qu'augmenter jusqu'à ma
vingtième année : mais, depuis lors, ma raison, plus formée, se fit quelquefois entendre,
et lorsque je revins auprès de mes parens à
vingt-deux ans, je commençais à être un peu
plus ou un peu moins sage, et mes désirs et
mes pensées n'erraient plus continuellement
dans les espaces imaginaires. J'avais commencé
à trouver qu'une femme pouvait être belle
sans avoir des ailes transparentes, et sans être
d'une substance éthérée : cependant, quand
ma mère me demanda en riant si j'avais trouvé
ma Sylphide, je sentis que je rougissais, et
que ce mot seul me retraçait trop vivement
les idées qui m'avaient occupé si long-temps.
Je lui répondis par une plaisanterie vague ;
mais le même soir, avant de m'endormir, je
relus quelques pages du comte de Gabalis,
que je n'avais pas ouvert depuis bien des mois.
J'éteignis ensuite ma lumière, et je cherchai
dans le sommeil l'oubli de ces douces illusions, qui venaient de se réveiller avec assez
de force. Le sommeil n'était pas le moyen de
les effacer ; l'imagination se retrace alors les
objets dont elle est le plus occupée, et la
mienne me promena dans des songes légers

et fantastiques, au milieu de la cour des Sylphides, entre lesquelles il m'était permis de
faire un choix; choix bien difficile, car elles
étaient toutes plus charmantes les unes que
les autres. J'étais donc en pleine jouissance du
plus doux et du plus joli des songes, lorsqu'une lumière vive et soudaine, assez semblable à celle d'un éclair, accompagnée d'un
bruit singulier, que je n'aurais pu définir, me
réveilla en sursaut. Je me soulevai, je tirai
mon rideau, et je ne vis rien du tout. L'obscurité était profonde, la lumière avait disparu,
toute espèce de bruit avait cessé; je crus alors
que c'était une suite de mon songe, et j'allais
essayer de le retrouver, lorsque deux de mes
sens, au défaut de la vue et de l'ouïe, m'a-
vertirent qu'il se passait quelque chose d'extraordinaire autour de moi; ce fut l'odorat et
le toucher. Une odeur délicieuse était répandue dans mon appartement, et quelque chose
de très-doux, qui me parut être une main bien
petite, se posa sur mes lèvres, et les pressa
comme pour m'ordonner le silence. Mon cœur
battit avec force, et toutes mes anciennes
idées me revinrent à l'esprit. J'étais sans doute
arrivé à ce moment si désiré où un être aérien

et charmant voulait entrer en relations avec
moi; je cherchai à saisir la main que je sentais
encore presser ma bouche, mais les miennes
étaient retenues par quelque chose de léger
qui gênait mes mouvemens; et pendant la
durée du faible effort que je fis pour m'en débarrasser, l'objet dont j'avais senti l'attouche-
ment s'était éloigné. J'avais dans ma table de
nuit un phosphore, au moyen duquel j'eus
bientôt rallumé ma bougie; je vis alors que
j'avais été enchaîné par un lien de fleurs des
plus odorantes, qui étaient encore sur mon lit
et répandaient le parfum le plus délicieux.
D'ailleurs je n'aperçus dans ma chambre rien,
absolument rien qui pût me donner l'idée que
quelqu'un y fût entré. Ma porte, que j'avais
fermée en dedans avant de me coucher, l'était
encore, ainsi qu'un petit passage qui commu-
niquait au travers d'une antichambre dans l'appartement de ma mère. En me rappelant son
propos de la veille, j'eus l'idée qu'elle avait
voulu continuer sa plaisanterie. Par où était-
elle entrée et ressortie? je l'ignorais; mais je
voulus m'en assurer pour achever de détruire
le prestige qui recommençait à égarer ma
raison.

Je me hâtai de passer une robe de chambre,
et, ma bougie dans une main, et dans l'autre
la belle guirlande de fleurs, je refermai avec
soin mon appartement, et je passai dans celui
de ma mère, que je comptais trouver encore
debout, et que je voulais remercier de son
aimable badinage. J'entrai doucement dans sa
chambre, qui n'était éclairée que par sa lampe
de nuit. Ses rideaux de gaze entr'ouverts me
laissèrent voir cette bonne mère dormant d'un
sommeil doux et profond; cependant quelques
traces de larmes paraissaient sur ses joues. Je
la regardais en silence, et déjà convaincu que
ce n'était pas elle qui était entrée chez moi.
Une de ses femmes, qui couchait dans un cabinet, ayant aperçu ma lumière et entendu
mes pas, ouvrit sa porte avec effroi, et sourit
en me reconnaissant. Elle s'approcha sur la
pointe des pieds, et me dit à voix basse:
« Vous m'avez fait bien peur, M. le comte;
mais, de grâce, ne réveillez pas madame, elle
a besoin de repos. Toute cette soirée elle n'a
cessé de pleurer en pensant que vous alliez
partir encore; et il n'y a qu'une heure qu'elle
s'est endormie. » Une heure! et il n'y avait pas
un demi-quart d'heure qu'une main s'était

posée sur mes lèvres, et qu'un être invisible
m'avait enchaîné de fleurs; et ma mère, ma
bonne et tendre mère dormait alors, après
avoir pleuré l'absence prochaine de son fils,
et ne songeait guère à lui faire des plaisanteries. Absorbé dans mes pensées, j'allais retourner chez moi; mais Pauline, la femme de
chambre de ma mère, était en extase devant
la guirlande de fleurs, et me pria de la lui
laisser admirer. Jamais, dit-elle, elle n'en
avait vu de pareilles. En effet, excepté quelques touffes de roses, de jasmin d'Arabie, de
tubéreuses et de fleurs d'oranger, les autres
m'étaient inconnues : c'étaient des fleurs dont
la forme et la couleur ne ressemblaient en rien
à celles que je connaissais. « Vous veniez sans
doute, me dit Pauline, les faire voir à madame; elles en valent bien la peine : on dirait
qu'elles ont crû dans le ciel; il n'y en a point
ainsi sur la terre. » Je sentis que je rougissais :
cette supposition était pour moi une vérité.
Elle m'offrit de les mettre dans l'eau. Je m'y
refusai; je ne pouvais m'en séparer. Je me
rapprochai du lit de ma mère; je baisai doucement sa main qui reposait sur la couverture,
et je sentis bien que ce n'était pas la même

14

main qui venait de presser mes lèvres il n'y
avait qu'un instant. Je rentrai chez moi ne
sachant que penser de ce singulier événement,
mais dans le fond de mon âme presque convaincu que c'était enfin cet être céleste attendu et désiré si long-temps. J'avais avec moi
la clef de ma chambre, je la trouvai bien fermée; j'entrai, je n'y vis rien d'extraordinaire :
il n'y avait d'autre lumière que celle que je
tenais : j'en fis le tour, regardant partout avec
soin. La porte qui donnait au dehors était fermée en dedans. Sans la guirlande de fleurs,
j'aurais pensé que j'avais fait un rêve; mais
elle était une preuve positive de la réalité d'une
apparition, et bientôt je ne pus avoir là-dessus le moindre doute. Je me rapprochai de
mon lit, je posai ma bougie sur ma table de
nuit, et lorsque je fus couché, je voulus lire
encore quelques pages de mon cher Gabalis.
Je pris le volume : quel fut mon étonnement !
à l'endroit du livre où j'étais resté, se trouvaient deux feuilles détachées; elles étaient
du bleu de ciel le plus doux et le plus parfait. Quelques petites étoiles d'or brillantes et
placées irrégulièrement comme une constellation, y formaient une espèce de frontispice.

Le tissu du papier était si souple, si transparent, qu'on l'aurait pris pour une gaze. D'a-
bord je n'y vis rien du tout; mais en le regardant avec plus d'attention, je découvris des
caractères si fins, si déliés, que j'aurais eu de
la peine à les lire s'ils n'avaient pas été aussi
bien formés. Cette écriture (si je puis m'exprimer ainsi) n'avait rien de terrestre, elle
était parfaite, et je lus facilement ce qui suit :

ALICE, SYLPHIDE DE LA LYRE,

A SON AMI CHARLES DE L....

« C'est donc en vain, Charles, que depuis
six années, sans cesse invisible autour de vous,
je veille sur vos pensées, je pénètre dans votre cœur. Je vous ai convaincu qu'il existe
des êtres d'une nature supérieure, qui peuvent cependant s'attacher à un mortel, et le
rendre digne d'eux. Vous êtes, Charles, un de
ces mortels favorisés du ciel; et moi je suis
une Sylphide dévouée à votre existence, et
qui veux devenir votre ange gardien. Mais
pourquoi cette surprise et presque cette terreur lorsque je veux enfin me découvrir à

vous ? pourquoi ces mouvemens brusques,
irréfléchis, qui m'ont forcée à m'éloigner
encore ? pourquoi quitter cette chambre où
j'étais avec vous, où j'allais enfin vous apparaître, vous parler, vous dire ce que
je veux être pour vous, ce que vous devez être pour moi ? Imprudent, indiscret,
pourquoi donc aller montrer à des yeux pro-
fanes ce lien de fleurs, emblème de ma tendresse et de notre union ? Charles, vous en
avez bien reculé le moment; je dois attendre
à présent que votre raison plus formée et
votre foi moins chancelante conservent la lumière que j'ai fait pénétrer dans votre cœur. Ne
la laissez pas s'éteindre : partez, vous retrou-
verez Alice un jour, lorsque vous le mériterez
mieux, lorsque vous saurez mieux l'entendre.
A présent, invisible à tous les yeux, et même
aux vôtres, elle veillera sur vous; et vos vertus, vos bonnes pensées seront son ouvrage.
Charles, aimez la vertu, soyez bon, délicat,
sensible, digne enfin d'être l'ami d'une Sylphide. Remplissez tous les devoirs que la nature et la société vous imposent : ne repoussez
pas même l'amour lorsque l'objet sera digne
d'être aimé de mon ami. Ne sais-je pas que les

fils des hommes ne peuvent se contenter long-
temps du sentiment intellectuel et pur que je
veux vous inspirer! mais je dirigerai votre
choix; et puisse la mortelle à qui vous don-
nerez un jour votre amour et votre main
vous aimer comme Alice vous aime!

« Adieu, Charles, pour long-temps peut-
être. Il ne tiendra qu'à vous d'abréger les jours
de notre apparente séparation; je saurai vos
actions et toutes vos pensées. Si elles sont ce
que j'ose attendre du mortel que j'aime, vous
trouverez votre céleste amie toutes les fois
que vous en aurez besoin. Méritez l'amitié
d'Alice, et jamais elle ne vous abandonnera.
Gardez soigneusement ce gage de mon affection, et que personne au monde n'en pénètre
le mystère. Quand je quitte pour vous et les
cieux et la belle constellation à laquelle je
préside, est-ce trop demander en retour, que
d'exiger de vous confiance, obéissance et sincérité; je ne dis pas fidélité, cela n'est pas au
pouvoir des faibles mortels.

« Votre amie,

« ALICE, SYLPHIDE DE LA LYRE. »

Au bas de cette lettre était attachée, par un

léger fil d'or, une boucle de cheveux de la teinte
la plus douce et la plus indéfinissable. Elle se
séparait en deux anneaux réunis par le haut, et
bouclés en sens contraire, elle formait ainsi un
A, initial du joli nom de ma Sylphide. Ravi,
transporté, je baisai cette boucle avec ardeur; mais, craignant d'offenser par ce transport ma pure et céleste amie, je me contins;
je pliai le précieux tissu. Il fut placé dans
une boîte d'or plate, et suspendu à mon cou
par une chaîne. Ce précieux talisman ne m'a
plus quitté, et je puis encore vous le montrer
à la même place.

Le lendemain ma mère, instruite par Pauline de ma visite nocturne dans sa chambre,
m'en demanda la cause. Il me fut facile d'en
trouver un motif qui la contenta, et il n'en fut
plus question. Elle me parla de la belle guirlande de fleurs; je dis que je l'avais donnée.
Renfermée dans ma cassette avec soin, elle
s'est desséchée; mais j'en conserve les débris.
Voilà, mes chers enfans, le récit fidèle du
premier événement de ma vie; je vais passer
à ceux qui suivirent et qui en furent la conséquence.

Mes parens pressaient mon départ, et j'avais

moi-même une vive impatience de trouver des occasions de mériter le retour de mon ange gardien. J'éprouvais depuis cette aventure une certaine inquiétude vague qui ne me permettait ni de rester tranquille ni de me livrer aux dissipations de mon âge. Pendant le peu de jours que je restai à Naples, je ne vis absolument que ma famille. Enfin, tout étant prêt, je partis avec mon fidèle Francisque, domestique de confiance qui m'avait accompagné dans mes précédens voyages. Tout en regrettant mes excellens parens, que je quittais peut-être pour bien des années, je songeais avec délices au bonheur de revoir mon oncle, que je regardais comme un second père, et même aussi ma cousine, pour laquelle je conservais un doux souvenir d'enfance. J'avouerai cependant que ce souvenir s'était un peu affaibli depuis que je m'occupais des Sylphides. Dans mes grands principes de pureté et de délicatesse, je ne pouvais pas approuver cette inclination pour le jeune Vintimille, qui, d'après ce qu'on me disait, devait avoir ou précédé ou suivi de bien près son veuvage. J'avais peine à me faire à cette idée; mais trop de sévérité sur un tendre sentiment

aurait été déplacé à mon âge. Je me promis
donc de cacher avec soin cette impression.
J'étais bien aise d'ailleurs, d'un autre côté,
que cette bonne Adélaïde, mariée une fois
par convenance et par obéissance, le fût enfin par le choix de son cœur, et je me promis
de me lier avec son époux, dont mon oncle
nous disait beaucoup de bien.

Après un voyage heureux et rapide, j'arrivai enfin dans son château, situé en Bourgogne, où j'étais attendu avec impatience par ce
respectable parent. Je le trouvai entouré d'une
société d'amis aussi respectables que lui-même.
C'étaient presque tous des officiers qui aimaient,
qui considéraient dans mon oncle le compagnon
de leur jeunesse et le protecteur de leurs vieux
jours. Au moment où je me présentai devant
lui, il me reçut à bras ouverts, et parut n'être
plus maître de son émotion. Il me regarda en
pleurant de tendresse, et s'écriant : « C'est
le portrait de mon frère à vingt ans, c'est
cette figure ouverte, cet air mâle, cette tournure aisée et gracieuse. Ah ! Charles, vous por-
tez avec vous une ressemblance qui vous rendra
bien cher à votre oncle ! » Je ne saurais exprimer combien je fus frappé de la noble dignité

répandue sur toute sa personne; l'approche de la vieillesse lui avait donné encore un air plus imposant, et chacun de ses regards, chacune de ses paroles, tout en lui exprimait la générosité de son excellent cœur.

A souper il me questionna beaucoup sur mes voyages. Ses amis le quittèrent le lendemain, et, resté seul avec moi, il saisissait avec empressement toutes les occasions de pénétrer dans mon cœur. Il voulait connaître mes sentimens, mes opinions, pour les approuver ou les corriger d'une manière douce et aimable. Enfin, avec sa bonté et sa franchise ordinaire, il m'instruisit de ses projets pour mon avancement, et me donna les meilleurs conseils sur la conduite que j'aurais à tenir.

Nous parlâmes ensuite de ma cousine Adélaïde; je lui témoignai toute mon impatience de la revoir. Elle la partage, me dit-il, mais vous ne pourrez l'un et l'autre avoir ce plaisir qu'à notre retour à Paris, où elle habite au couvent de Bellechasse pour toute la première année de son veuvage, et je ne puis y aller que dans un mois. J'espère, Charles, que tu ne veux pas me priver de ta société,

15

qui peut seule me consoler de l'absence de ma
fille. Il entra alors avec moi en toute confiance
dans quelques détails sur le nouveau projet de
mariage d'Adélaïde, et sur son inclination
pour le jeune duc de Vintimille. La sœur du
duc était, me dit mon oncle, élevée dans le
couvent où ma cousine se retira après la mort
du prince de Zelye, et ces deux jeunes personnes s'étaient intimement liées ; leur intimité lui avait donné l'occasion de voir souvent
le frère de son amie et de s'y attacher : lui,
de son côté, l'aimait passionnément. Adélaïde
m'ouvrit son cœur, continua-t-il, et me demanda mon aveu pour l'épouser à l'expiration
de son deuil. Je n'avais rien à dire ni contre
la naissance ni contre les mœurs de ce jeune
seigneur, qui est généralement estimé ; mais
je ne te cacherai pas, Charles, que j'avais
d'autres projets sur ma fille, qui auraient fait
le bonheur de ma vieillesse, et qui furent
toujours le vœu de mon cœur.... Tu les de-
vines sans doute, me dit ce bon parent
avec tendresse et en me regardant avec des
yeux pleins de larmes ; c'est à toi que je des-
tinais ma chère Adélaïde, du moment où la
mort de son vieux mari la rendit libre de

disposer d'elle-même. Mais il n'y faut plus
penser, puisqu'elle ne peut plus te donner
son cœur; elle a du moins fait un choix
que je ne puis blâmer, quoiqu'il me contra-
rie et m'afflige, et je ne veux pas deux fois
disposer seul de sa destinée. Tu ne seras
donc pas mon gendre, mais je ne te regarde
pas moins comme un fils chéri; tu ne seras
pas l'époux de ma fille, mais tu partageras
ma tendresse avec elle, et elle t'aimera comme
un frère.

Je me jetai dans les bras de mon oncle, de
mon second père; je lui jurai que je ne désirais rien de plus; et jamais je n'avais dit
plus vrai. Je n'avais aucun désir de me marier : mon cœur était trop profondément occupé de mon invisible amie, pour ne pas re-
douter un lien qui m'aurait séparé d'elle pour
jamais, avant même d'avoir eu le bonheur
ineffable de la voir et de l'entendre, et je bé-
nis intérieurement le ciel de ce que l'inclination de ma cousine y mettait un obstacle insurmontable, et m'ôtait la douleur de refuser
quelque chose à mon oncle.

Excepté le désir de revoir ma cousine, rien
ne m'attirait non plus à Paris. Dans mes dis-

positions, je redoutais plutôt ce bruyant séjour,
dont tout, ce me semble, devait éloigner ma
Sylphide. Je croyais être plus près d'elle à
la campagne : je pouvais du moins, de la terrasse du château, et même de ma fenêtre, parcourir des yeux sa céleste demeure, et fixer
mes regards sur la belle constellation qu'elle habitait. L'astronomie avait été de tout temps une
de mes études favorites, et peut-être avait-elle
contribué à exalter mon imagination. Je connaissais donc le nom et la marche des mondes
et des soleils innombrables qui roulent au-
dessus de nous dans la voûte éthérée. C'était
avec un vrai ravissement que je cherchais la
Lyre et la brillante étoile qui en fait partie,
et qui peut-être était la demeure d'Alice.
Lorsque mon oncle était retiré, je passais des
heures à contempler cette constellation; perdu
dans mes idées, regrettant mortellement d'a-
voir laissé échapper à Naples le moment de
m'entretenir avec cet être surnaturel et sans
doute charmant, je ne songeais plus même à
douter de son existence, elle me paraissait
aussi prouvée que celle de ces mondes brillans
qu'elle habitait, et que je ne pouvais cesser de
regarder.

Souvent alors, élevant doucement la voix, j'essayais de chanter ma divine amie dans un style digne d'elle et du pur sentiment qu'elle m'inspirait; mais combien mes faibles essais me paraissaient au-dessous de ce que j'aurais voulu dire, de ce que je sentais au fond de mon cœur, sans pouvoir l'exprimer à mon gré! J'aurais dû, ce me semble, être inspiré d'un feu vraiment poétique, et j'étais bien loin de l'être. Voici la moins mauvaise des romances que j'adressais tous les soirs à la Lyre, en me promenant sur la terrasse; vous pourrez juger combien l'ami d'une Sylphide peut être un mauvais poëte.

Paisible nuit, sous ton ombre propice
Je puis cacher mon secret et mes vœux,
C'est avec toi que je retrouve Alice,
Que mes regards la cherchent dans les cieux;
  Étoile brillante et chérie,
  Séjour de ma céleste amie,
  Je te vois et je suis heureux!

Alice, en vain tu te couvres d'un voile,
En vain tu veux te cacher à mes yeux,
Mon cœur te sent, te voit, et ton étoile
Brille pour moi d'un éclat radieux.
  Étoile sacrée et chérie,
  Lyre, séjour de mon amie,
  Je t'admire et je suis heureux.

Alice, un cœur si pur et si sincère
Serait-il donc indigne de tes yeux?
Ne doit-il pas t'attirer sur la terre,
Et près de toi me mettre au rang des dieux?
O Lyre brillante et chérie,
Cédez-moi ma céleste amie,
Je l'attends et je suis heureux.

Mon imagination était, comme vous le voyez, passablement exaltée.

Mais Alice avait eu raison, lorsqu'elle m'avait écrit que les fils des hommes se laissent entraîner par leurs sens, et ne sont pas les maîtres des impressions qu'ils reçoivent. J'adorais Alice, et cependant un autre objet vint m'arracher à mes rêveries, et me força de convenir qu'il existe aussi sur la terre des êtres bien séduisans. Qu'on se rappelle que j'étais à peine entré dans ma vingt-troisième année; et quel est le jeune homme de cet âge à qui un sentiment purement contemplatif et pour un être inconnu pourrait suffire? Alice ne perdit rien de mon cœur; mais je fus bien près d'y placer à côté d'elle une personne qui lui ressemblait bien peu pour le moral, quoique sa figure pût soutenir la comparaison avec celle que je supposais aux Sylphides, et surtout à mon Alice.

Mon oncle avait, pour diriger l'économie de son château, une gouvernante nommée mademoiselle Delmont. Elle était depuis long-temps dans la famille, et il la traitait avec beaucoup d'égards. Elle avait eu soin de mon enfance; je la revis avec plaisir, et j'allais souvent causer avec elle dans sa chambre : souvent encore elle m'appelait son cher petit Charles, et me grondait d'avoir autant grandi, parce que, disait-elle, elle ne pouvait plus m'embrasser.

Un jour, je trouvai chez elle une jeune personne charmante, qu'elle me présenta comme la fille de son frère, un M. Delmont, qui avait été long-temps intendant chez un grand seigneur, s'y était enrichi, et avait fait donner à mademoiselle Agathe Delmont, sa fille unique, l'éducation la plus brillante, dont il voulait faire juger sa tante. Agathe avait dix-huit ans : elle était jolie comme un ange, et le savait mieux que personne. Elle n'était pas très-grande, mais sa taille souple et svelte était pleine de grâce; deux yeux noirs très-éveillés, et dont elle faisait tout ce qu'elle voulait, une bouche fraîche comme un bouton de rose, toujours prête à sourire et à laisser

voir les plus belles dents, un petit pied chaussé
avec recherche, une main très-soignée, des
bras arrondis, des mouvemens gracieux, telle
était Agathe pour l'extérieur : elle devait d'ailleurs passer en province pour un modèle d'é-
ducation; elle chantait avec une voix assez
juste et beaucoup d'expression en s'accompagnant de la guitare; elle faisait de petits dessins de porte-feuille et d'éventails assez in-
génieux; elle lisait les romans nouveaux et le
Mercure, devinait les énigmes, les charades,
et savait en faire elle-même, ainsi que des
couplets pour le jour de naissance de son père
et de sa tante, qu'elle chantait avec cet aimable embarras qui demande des éloges : d'ailleurs, tour à tour vive jusqu'à l'étourderie,
ou sentimentale jusqu'au romanesque, agaçante, piquante, coquette, naïve, se donnant
toute la peine qu'il fallait pour tourner la tête
de tous les hommes qu'elle rencontrait, et
manquant rarement son but. La mienne
résista peut-être un peu plus long-temps;
mais enfin elle tourna aussi, et je me trouvai
pris dans ses filets, en dépit de ma raison, de
ma Sylphide, et de tout ce que je croyais devoir me mettre à l'abri de la séduction. Il

est vrai que la petite personne ne négligea aucun moyen de m'entraîner. Ma conquête flattait doublement son amour-propre, et par mon rang, et par ma résistance : je ne faisais plus un pas sans rencontrer Agathe, et toujours plus séduisante. La bonne Delmont, flattée à l'excès d'avoir une nièce aussi jolie, aussi élégante, ne la gênait point du tout ; et soit qu'elle me vît encore comme le petit Charles, sans conséquence, soit qu'elle eût peut-être quelques projets ambitieux, justifiés par les richesses et le mérite supérieur de sa nièce, elle ferma les yeux sur mes fréquentes visites, sur nos promenades en tête-à-tête, sur tout ce qui aurait pu l'alarmer. Tous les soirs encore, lorsque mon oncle était rentré, j'allais veiller sur la terrasse du château ; mais ce n'était plus pour contempler la Lyre et sa belle étoile, et lui chanter des romances, c'était pour entendre et la guitare et la jolie voix de la belle Agathe, et causer des heures avec elle, appuyé sur le balcon de sa fenêtre au plain-pied, où elle ne manquait pas de s'établir. Rentré enfin chez moi, si le souvenir de la céleste Alice se présentait à ma pensée, c'était pour me rappeler qu'elle m'avait permis l'infidélité, et pour

trouver qu'elle avait eu raison de la prévoir.
Cependant, dût-on se moquer un peu de moi
et de ma sagesse, il faut l'avouer, j'avais une
telle habitude d'innocence et de pureté *sylphi-
dienne* (si je puis m'exprimer ainsi) , et dans
le fond de mon cœur une telle crainte de perdre à jamais la protection d'Alice, que cette
petite intrigue n'avait pas encore eu de sui-
tes bien dangereuses. Mais j'étais entraîné
rapidement ; et bientôt peut-être elle aurait
suivi le cours ordinaire des liaisons de ce
genre, et m'aurait préparé d'affreux regrets,
lorsque mon oncle, qui s'en apercevait sans
doute, prit le meilleur parti pour la rompre :
ce fut de ne point m'en parler, et de m'éloigner
de cette dangereuse sirène. Un soir il me proposa et me demanda de l'accompagner dans une
petite maison de chasse qu'il possédait à quelques lieues, dans un canton où le gibier était
abondant et le site très-agréable. « Mon cher
Charles, me dit il avec la plus touchante
amitié, c'est là que j'ai joui de momens bien
doux avec ton père, et tu vas me les retracer.
Toutes les années je vais dans cette saison
passer quelques jours à l'hermitage (c'est ainsi
qu'il appelait sa maison de chasse) , et je me

suis fait une fête d'y être avec toi; nous par-
tirons demain. Je suis dans l'usage, quand je
vais dans cette retraite, de ne prendre avec
moi qu'un seul domestique, et je me contente
des repas très-simples que me prépare la vieille
concierge. Il me semble que je rajeunis dans
cette solitude, où j'ai coulé autrefois des
jours si heureux; et, malgré mon âge, je me
crois presque un jeune garçon, quand j'ai passé
un jour ou deux à me bien fatiguer autour de
l'hermitage. Je m'amuse mieux à la chasse;
je suis plus content et plus fier de ce que j'ai
tué tout seul, sans chasseurs à mes trousses,
que lorsqu'à mon château je me vois entouré
par ce régiment de batteurs, et tous ces uni-
formes vert et argent. Charles, ajouta mon
oncle, si vous voulez conserver un des secrets
les plus sûrs pour être heureux, ne devenez
jamais insensible à cette douce et précieuse
impression que doivent produire les plus petits
objets, lorsqu'ils sont entourés par de chers
souvenirs.

La philosophie du maréchal se serait bien
vite fait entendre à mon cœur, si le regret de
quitter la belle Agathe Delmont n'avait pas
été senti plus vivement encore. Je n'osai pas

cependant contrarier le désir de mon oncle ; et je n'eus pas même la pensée de le laisser partir seul ; mais j'aurais voulu prévenir au moins Agathe de ce projet, et savoir si je la retrouverais au retour. Mon oncle était en train de causer ce soir-là ; il me retint si long-temps qu'il ne me fut plus possible d'espérer de la rencontrer ; et nous partions le lendemain de grand matin ! Je me consolai en pensant que la distance n'était pas assez grande pour m'empêcher de faire quelques courses au châ-teau, et que si j'étais aimé autant qu'on me le témoignait, Agathe saurait bien y prolonger son séjour : nous devions y passer encore quinze jours avant d'aller à Paris. Mes pro-jets n'allaient pas au-delà ; ce qui prouve que dans le fond je n'étais pas amoureux ; mais à vingt-deux ans on appelle amour tout ce qui agite le cœur, ou plutôt les sens sans distinction. Le mien cependant n'était pas assez vif pour m'empêcher de trouver aussi quelque plaisir à cette course, avec un homme parfai-tement aimable, et si bien en rapport avec moi que la différence d'âge semblait avoir disparu. Nous partîmes donc le lendemain par un temps d'automne délicieux, et nous arrivâmes pour le dîner à l'hermitage. C'était une maison très-petite, mais propre et bien arrangée; un bois superbe entourait de tous côtés la plaine où elle était située; une belle rivière navigable serpentait sur les bords du bois. Je fus d'abord enchanté de ce pays romantique. La conversation intéressante de mon oncle, une partie de piquet, quelques momens de lecture dans des livres bien choisis, rendirent la soirée très-courte et très-agréable. Je fus surpris le soir, en me retirant, que le babil de mademoiselle Agathe m'eût aussi peu manqué. Je me couchai sans trop regretter même ma veillée sur la terrasse, et, je l'avoue aussi, sans regarder la Lyre. Cette passion chimérique, n'étant entretenue par rien, s'était insensiblement très-affaiblie, et je m'étais déjà permis quelquefois de penser que mon aventure nocturne de Naples tenait peut-être à quelque chose de très-naturel, que je ne savais, il est vrai, comment expliquer, mais qui s'éclaircirait un jour. Mon oncle était, par caractère, si éloigné de la crédulité que je n'ausais osé lui parler de ma Sylphide. Elle ne paraissait point; aucun signe ne me rappelait son existence; et moi-même, honteux d'avoir si vivement livré mon imagination à cette chimère, je m'efforçais de la bannir de ma pensée.

Nous sortîmes le lendemain matin de très-bonne heure, avec nos chiens, nos fusils, et un panier sur mes épaules, qui renfermait un peu de viande froide, et une bouteille de vin de Bourgogne. Nous fîmes une excellente chasse; et, quand nous eûmes envie de dîner, mon oncle me conduisit au plus joli site que j'eusse jamais rencontré. C'était une prairie qui formait une douce pente jusqu'à la rivière. L'enceinte était formée par un amphithéâtre de vieux arbres livrés à leur beauté naturelle. Le bois épais donnait un bel ombrage, et l'autre côté de la rivière présentait à la vue un pays couvert et fertile, parsemé de villages. Nous passâmes plusieurs jours dans notre agréable solitude; mais un exprès vint avertir mon oncle que le gouverneur de la province était arrivé au château, et désirait lui parler d'affaires importantes. Je me hâtai de m'informer de cet homme, un des laquais de mon oncle, si mademoiselle Agathe Delmont y était encore. J'appris qu'elle était partie la veille avec son père, qui était venu la

chercher, et qu'elle avait paru très-contente
de retourner dans une petite ville de province
que ses parens habitaient. Je n'eus alors aucune envie d'accompagner mon oncle, et il
consentit sans peine que je restasse à l'hermitage pendant qu'il irait recevoir sa visite.
Je me proposais de partager mon temps entre
la chasse, la promenade et la lecture. Pendant que je faisais la cour à la belle Agathe,
j'avais complétement laissé de côté toutes mes
études, et je voulais m'y remettre. J'avais
peut-être aussi un peu de dépit secret de son
départ, et de n'avoir pas mieux profité des
dispositions de cette jolie jeune fille, pour
terminer au moins mon petit roman. Je voulais me distraire de cette pensée que ma raison
condamnait. Le premier matin où je me trouvai seul, après une chasse très-heureuse, je
voulus aller gagner l'endroit favori de mon
oncle, pour m'y reposer et manger mes provisions. J'avais suivi à travers les ronces et les
épines le sentier peu fréquenté qui conduisait
à ce site enchanteur, et je sortais du bois,
lorsque j'entendis avec surprise une voix douce
et mélodieuse. C'était une jeune femme dont
je ne pouvais apercevoir le visage, et qui était

assise au pied d'un arbre. Elle chantait un vieil air assez commun parmi les paysans de la Bourgogne, et que j'avais souvent entendu dans mon enfance. Mais le goût exquis de son chant et le charme harmonieux de sa voix me causèrent une sorte de ravissement.

Voici sa chanson, que je me rappelle si bien.

Il est aux champs celui que j'aime,
Petits oiseaux, volez vers lui,
Peignez-lui ma tendresse extrême,
Chantez pour calmer son ennui.

J'attendrai seule dans la peine
La fin du jour et des travaux ;
A l'heure où l'amour le ramène,
Venez aussi, petits oiseaux.

Ce soir, pour votre récompense,
Je vous donne mon beau rosier ;
Le prix de ma reconnaissance
Vous appartiendra tout entier.

Sous ma rose la mieux fleurie
Où votre nid va se placer,
Laissez le soin à votre amie
De vous nourrir, vous caresser.

Ainsi que nous soyez fidèles
A ce bocage, à vos amours ;
Pour nous fuir vous n'aurez plus d'ailes,
Pour nous joindre ayez-en toujours.

Le bruit que je fis en m'approchant obligea mon inconnue à se retourner, et je restai un instant immobile à la vue de tant de grâces et de beauté qu'il me serait impossible de les peindre. Cette jeune personne était habillée comme les simples paysannes de Bourgogne ; cependant l'élégance et la propreté de son habillement, son beau linge blanc, et plus que tout, son air et ses manières, m'inspirèrent du respect et semblaient me dire qu'elle n'était pas ce qu'elle paraissait.

Elle s'était levée en me voyant, et sa figure, qui n'avait pas l'ombre de rapport avec celle d'Agathe, m'enchanta mille fois davantage, ou plutôt me fit un effet entièrement différent, et qui tenait plus du respect et même d'une sorte d'exaltation. Elle avait dans son attitude, dans son regard, quelque chose qu'on ne peut définir, et qui donnait l'idée d'un être céleste. Ses yeux étaient du plus beau bleu, et leur expression peignait à la fois l'intelligence et la modestie. Elle était assez grande,

16

et sa taille était noble et gracieuse. Agathe, qui m'avait paru si jolie, si séduisante, n'aurait pu, ce me semble, soutenir la comparaison avec celle que je regardais avec admiration, je dirai même avec une émotion qui m'étonnait. «Pardonnez si je vous interromps, lui dis-je en m'avançant. » Elle me fit la révérence en rougissant et en silence, et alla reprendre un ouvrage qu'elle avait laissé au pied de l'arbre ; c'était de la dentelle travaillée sur un petit coussin. Je voulais engager une conversation avec elle; je lui témoignai mon étonnement de trouver une aussi belle personne toute seule dans ce lieu écarté, et je la priai de m'apprendre d'où elle venait : « Je suis, monsieur, répondit-elle, la fille d'un vieux fermier de Lizai, un village qui est de l'autre côté de la rivière. J'aime cette place, et j'y suis déjà venue quelquefois avec mon ouvrage. Mes frères avaient affaire près d'ici. Ils m'ont amenée dans leur bateau, et je les attends. » Alors je lui demandai son nom : elle me dit qu'elle s'appelait Alix Rousseau, et laissa encore tomber la conversation. Je ne savais à quoi attribuer l'embarras et le respect qui s'emparaient de moi involontaire-

ment, et qui m'empêchaient de lui parler
comme à une petite paysanne ordinaire, dont
la beauté m'aurait plu. Cependant je lui témoignai combien il me paraissait surprenant
qu'avec tant d'attraits elle pût se condamner
à une vie pénible et solitaire; mais elle m'arrêta en me disant que le bonheur d'un père
chéri et de ses frères suffisait au sien. Je montrai vivement mon admiration pour tant de
charmes et de vertu; je lui jurai ce que je
pensais bien véritablement, c'est que je n'avais
pas encore rencontré de femme dont la figure
m'eût fait autant d'impression. « Et votre âme,
lui dis-je avec sentiment, me paraît tout aussi
supérieure. Comment est-il possible que votre
destinée vous ait placée dans une situation
aussi obscure, belle Alix (lui dis-je en m'a-
nimant davantage, et voulant prendre sa main
qu'elle retira) ? Charmante Alix, laissez-moi
espérer que je vous reverrai encore, que je
pourrai peut-être changer votre sort, et vous
placer dans une position plus indépendante,
plus digne de vos perfections. »

Je m'arrêtai, confus moi-même de ce que
j'osais lui proposer dans une première entre-
vue, avant même qu'elle sût qui j'étais. Je ne

puis définir ce qui se passait en moi : mon
cœur était entraîné avec une force qui m'é-
tonnait, et m'avait fait aller plus loin que je
ne le voulais; mais déjà je ne pouvais supporter la pensée que je ne reverrais de ma vie
peut-être cette fille enchanteresse. Elle me
répondit, avec une douceur mêlée de tendresse et de fierté, qu'elle me remerciait de
tout ce que je venais de lui dire de flatteur,
mais qu'elle était contente de son sort, et ne
désirait pas d'en changer. Elle me peignit avec
une éloquente simplicité le bonheur tranquille
dont elle jouissait, son amour pour son père,
et le profond chagrin qu'il éprouverait si elle
s'éloignait de lui ou se rendait indigne de sa
tendresse. «Je veux croire, M. le comte, me
dit-elle avec une dignité modeste, que vous
n'avez pas réfléchi à votre proposition, et que
votre intention n'était pas d'offenser une pauvre jeune fille inconnue. Mais pourquoi me
tenir un langage qui pourrait si facilement égarer ma raison, et me rendre bien malheureuse?
Pourquoi me dire, à moi que vous voyez pour
la première fois, ce que vous disiez la semaine
passée à mademoiselle Agathe Delmont?...
Ah! M. le comte, auriez-vous le malheur d'être

un de ces hommes qui se font un jeu , dit-on,
de perdre à jamais celles qui ont la faiblesse
de les écouter et de les croire? Votre physionomie est alors bien trompeuse, et vous seriez
l'être le plus dangereux à rencontrer. » Ses
beaux yeux étaient pleins de larmes , et sa voix
tremblait en me parlant; elle se tut... Et moi
aussi je gardai le silence; j'étais confondu de
ce que je venais d'entendre; Alix Rousseau , la
fille d'un fermier de Lizai dont j'entendais le
nom pour la première fois , que je voyais pour
la première fois, Alix non-seulement me connaissait, mais savait mes pensées et ma liaison avec Agathe! Qui donc était-elle cette
fille inconcevable qui venait de me parler avec
tant de force et de sentiment le sublime langage de la vertu? Je ne sais quelle idée singulière traversa mon esprit , mais je restai
immobile devant elle , craignant de faire un
mouvement, de dire un mot qui l'effarouchât
et la fît disparaître. Mes yeux étaient attachés
sur elle , et sans doute ils exprimaient ce qui
se passait dans mon âme. « Vous ai-je offensé,
monsieur le comte , me dit-elle en me pré-
sentant sa belle main? pourquoi ne me dites-
vous rien? » Il y avait un tel accent d'amitié

dans la manière dont elle prononça ces mots qu'ils pénétrèrent au fond de mon cœur; je saisis sa main; je n'osai pas la porter à mes lèvres, mais je la pressai sur ce cœur dont elle dut sentir les battemens..... « Vous que je ne sais comment nommer, lui dis-je en tremblant, vous que j'adore et révère comme une divinité, dites-moi, ah! dites-moi qui vous êtes? Vous qui lisez dans ce cœur, vous savez ce qu'il ose croire, ce qu'il ose espérer; si c'est une erreur, je suis bien malheureux. — Je ne vous comprends pas, me dit-elle en souriant, je vous ai dit que je suis une pauvre et simple fille qui voudrait être votre amie, et qui vient de vous le prouver en vous disant la vérité. Un jour peut-être vous saurez comment j'ai été instruite de ce qui vous regarde. Ma destinée peut encore me rapprocher de vous; mais si je ne vous vois plus, je prie le ciel de vous bénir et de vous protéger. La pauvre Alix vous saura toujours gré de vos attentions pour elle, et ne s'en ressouviendra jamais avec indifférence. »

Au même instant je vis un bateau approcher du rivage, conduit par trois jeunes gens; Alix me quitta tout de suite, courut à eux d'un pas léger, sauta dans le bateau, me fit encore de la main un signe d'adieu, et les rameurs s'éloignèrent bientôt avec elle. Moi je restai immobile; mais un moment après je me reprochai de la laisser partir si tranquillement. Je descendis à la rivière, et, courant le long du bord, je parvins à retrouver le bateau qu'un coude que formait le rivage avait dérobé à ma vue; je vis Alix descendre de l'autre côté, et entrer avec ses frères dans un bois qui était en face. Je continuai de suivre la rive aussi long-temps que je le pus, dans l'espérance de trouver un pont, un bac, ou quelque passage guéable. Je me flattais au moins de rencontrer quelqu'un qui pût m'apprendre la position du village de Lizai; mais en vain je prolongeai mes recherches : elles furent inutiles. Je rentrai excédé de fatigue, et avec le chagrin de n'avoir rien appris, ni de Lizai, ni d'Alix Rousseau. Quoique j'eusse l'esprit et le corps harassés de tant de peines perdues, je ne pus prendre ni repos ni nourriture avant d'avoir questionné la vieille concierge sur le village de Lizai; mais son imbécillité ne me laissa pas long-temps l'espérance de découvrir quelque chose.

Elle n'avait jamais entendu parler d'un tel
endroit; il est vrai qu'elle connaissait peu
l'autre côté de la rivière. La Bourgogne était
une province très-étendue : peut-être qu'il y
avait un village ainsi nommé, peut-être aussi
que non..... Enfin j'appris seulement où je
pourrais trouver un pont. La rive opposée
était pour moi le paradis, et j'attendis le lendemain matin avec une impatience qui devenait un véritable supplice.

Je sortis de très-bonne heure, je traversai
la rivière, je cherchai, j'interrogeai : courses,
questions, examen de tout genre, je ne négli-
geai rien, mais inutilement. On ne savait ce
que c'était que le village de Lizai; point
d'Alix Rousseau; personne ne connaissait rien
de semblable. Je crus que j'étais devenu à
moitié fou. Etait-ce un fantôme que j'avais
vu? était-ce enfin ma Sylphide? Je recom-
mençais presque à le croire; la figure d'Alix
n'avait rien qui donnât l'idée d'une paysanne,
je dirai même d'une mortelle, et j'abandon-
nai mon imagination à cette illusion. Le retour de mon oncle vint mettre fin à mes
courses, je perdis toute espérance de découvrir ce mystère; mais la figure céleste que

j'avais vue était gravée dans mon cœur, et
m'occupait continuellement. Mon oncle me
parla du départ d'Agathe, que l'on allait marier. Je l'écoutai à peine; cet épisode de ma
vie était totalement effacé, et dut me fournir
la preuve qu'il y a des amours qui n'arrivent
pas jusqu'au cœur.

Je partis pour Paris avec mon oncle; sa
conversation, qui jusqu'alors avait eu pour
moi tant de charmes, commençait à fatiguer
un esprit aussi préoccupé que le mien. Cependant l'extrême bonté qu'il me témoignait
m'arrachait forcément à mon humeur distraite
et rêveuse. Non content de m'assurer une pen-
sion considérable, il me demanda de m'adresser
toujours à lui si j'avais besoin d'argent. Il me
donna un appartement dans sa maison, en me
disant de la regarder comme la mienne. L'hôtel que mon oncle habitait à Paris, et dans
lequel il me conduisit, s'appelait l'hôtel de
Zelve, et appartenait à sa fille; mais elle lui
avait demandé comme une grâce de ne pas
quitter cette maison, qu'il avait toujours occupée depuis son mariage.

Le plan favori de mon oncle était de réunir
toute sa famille autour de lui, et rien n'était

plus propre à réaliser ce projet qu'une maison aussi immense. Il gardait le corps du bâtiment pour lui-même, et pour mon père et ma mère, dont il espérait bientôt le retour. Une longue suite de pièces magnifiques, qui formaient une aile sur le jardin, devait recevoir convenablement ma cousine et son époux futur, le duc de Vintimille. Mon oncle me donna l'appartement au second de l'aile opposée; les chambres au-dessous étaient fermées, et n'avaient pas été habitées depuis la mort de son épouse, de cette femme intéressante qu'il avait tant regrettée. Il me disait souvent que si j'épousais une personne vraiment digne d'entrer dans la famille, c'était là qu'il la logerait; mais, ajoutait-il, votre femme devrait être bien aimable pour que je pusse me décider à aller la voir dans un appartement qui me rappellerait tant de souvenirs.

Mon oncle, en me plaçant ainsi auprès de lui, me fit un très-beau présent, et joignit à toutes ces marques de bonté les conseils les plus doux et les plus tendres. « Charles, me dit-il, vous entrez dans un monde dangereux, qui est tout nouveau pour vous. Je me rappelle encore le temps où j'avais votre âge, et

je vous promets de l'indulgence pour toutes
les légèretés qui peuvent tenir à la jeunesse,
à l'inexpérience, et à l'entraînement des mauvais exemples; mais aussi j'exige que vous ne
laissiez porter aucune atteinte à votre bonne
foi, à votre honneur; surtout ne donnez jamais ni à moi ni à personne la moindre raison
de douter de la bonté de votre cœur. »

J'embrassai mon oncle en lui promettant
de le prendre pour modèle et pour guide, et
je le conjurai ensuite de me conduire tout de
suite au couvent de ma cousine; il y consentit. Comme elle n'était que pensionnaire,
elle avait un logement particulier hors de la
clôture, où nous fûmes introduits. Elle vint
au-devant de nous avec l'expression de la
joie, elle embrassa son père, et me présenta
la main en m'appelant son cher cousin, et
me disant qu'elle me reconnaissait à merveille,
et qu'à la taille près j'étais encore le petit
Charles. Je ne pouvais lui en dire autant, et
j'avais grand'peine à reconnaître la petite Adélaïde. Elle était fort grande et avait beaucoup
d'embonpoint, ses traits étaient réguliers, sa
physionomie douce et agréable; mais rien dans
cette figure, un peu colossale, ne me rappe-

lait l'enfant élevée avec moi, et comme moi
agile, légère, partageant tous mes jeux, toutes
mes courses, et me laissant souvent en ar-
rière. Elle était encore en grand deuil, et me
parla de feu son époux, le prince de Zelve,
avec sentiment et reconnaissance; il lui avait
laissé en entier son immense fortune. Elle
me parla aussi du duc de Vintimille, me fit
son éloge, et désira de pouvoir me le présenter. « Ce n'est pas pour vous, Charles, me
dit-elle, que notre union future doit être un
secret, quoique personne que mon père n'en
soit encore instruit..... » Au moment même
nous entendîmes une voiture sur le pavé de
la cour. On annonça le duc, et il parut; il
baisa très-tendrement la main d'Adélaïde,
salua mon oncle avec respect, et me demanda
avec grâce mon amitié. Il était bien de figure,
il avait un très-bon ton, et je compris le goût
d'Adélaïde. Il venait, nous dit-il d'un air très-
triste, prendre congé de son amie pour quelques
mois, qui lui paraîtraient un siècle. Le roi
lui donnait une commission à remplir en Italie, mais il osait espérer que son retour serait
le moment de son bonheur. Mon oncle lui
rappela qu'Adélaïde ne voulait pas se remarier

avant trois années révolues, et qu'à peine la
première était écoulée depuis son veuvage;
je me joignis à lui pour obtenir d'elle d'abréger cet arrêt. Elle s'en défendit, mais faible-
ment, et nous le laissâmes plaider sa cause.

Je dis à mon oncle, dès que nous fûmes en
carrosse, combien le duc me paraissait aimable. « A la bonne heure, me répondit-il; mais
je ne puis lui pardonner d'avoir dérangé mes
projets de félicité; je ne puis me consoler que
tu ne deviennes pas mon fils. » J'étais touché de
sa bonté; mais, dans le fond de mon âme,
j'étais loin de penser comme lui, et je savais
gré au duc de Vintimille de m'avoir épargné,
en s'attachant à ma cousine, l'obligation de
l'épouser ou de déplaire à mon oncle. Adélaïde, charmante à certains égards, n'avait
pas le genre de beauté qui pouvait me séduire;
elle était trop loin de me donner l'idée de ma
Sylphide, ou de me rappeler la belle et svelte
Alix. La forte impression que j'avais reçue
m'armait d'indifférence : cependant bientôt
je fus appelé à voir journellement les femmes
les plus aimables et les plus séduisantes. Mon
oncle me présenta chez toutes ses connaissances, et je fus admis dans les sociétés

les plus brillantes. Les premiers hommes
qu'il me fit connaître furent le comte de
Valmont et le marquis d'Orsigny, deux de ses
amis intimes, quoique plus jeunes que lui; et
ce fut pour moi une prévention favorable.
Valmont était un homme de moyen âge; il
savait unir la vie active d'un brave officier aux
occupations paisibles d'un homme de lettres.
D'Orsigny, beaucoup plus jeune, se distinguait par la sagesse de sa conduite et par la
douceur de ses manières.

Mais leur mérite solide fut bientôt éclipsé
à mes yeux par les agrémens et les qualités
brillantes du chevalier de Melfort, l'homme le
plus à la mode de toutes les sociétés du meilleur ton. Il avait une tournure agréable; il se
mettait simplement, mais avec une certaine
élégance qui lui allait parfaitement bien. Son
air et ses manières attiraient les regards, et
semblaient même imposer à tout ce qui l'approchait, car il ne parlait jamais que par épi-
grammes. L'expression de son visage était
moqueuse et méprisante, et il ne manquait jamais de jeter du ridicule sur toutes les personnes qui n'avaient pas le bonheur de lui
plaire. La femme qu'il voulait bien préférer

devenait de ce jour la beauté régnante, et cependant il y avait toujours je ne sais quel air de raillerie dans sa manière de lui rendre des hommages. Celle qui les attirait ne remportait peut-être pas sur lui un triomphe complet; mais celle qu'il traitait constamment avec indifférence ne pouvait jamais se relever d'un tel affront. Il avait toujours vaincu les caprices de la coquetterie; il était recherché, craint, admiré pour l'empire qu'il avait usurpé sur les modes et sur les opinions des jeunes gens qui l'imitaient. Il avait même des talens et des connaissances qui lui donnaient une sorte de considération auprès des personnes plus graves, et on le croyait destiné à occuper de grandes places. Il s'était distingué dans l'armée; il écrivait facilement et avec un style original; il jouait gros jeu : tantôt il avait été très-heureux; tantôt il avait perdu immensément; mais il s'était tiré de ces différentes alternatives avec une négligence aimable et toutes les grâces d'un beau joueur. Enfin il était fameux par trois ou quatre aventures galantes avec des femmes du premier rang.

Voilà le phénix qui me surprit et m'enchanta. Je fus encore mieux ensorcelé lors-

qu'il parut me marquer de la préférence : il
me traitait avec une prédilection qu'il daignait
rarement montrer; et pendant que je me féli-
citais de ses dispositions amicales, la méchan-
ceté de ses satires me laissait assez juger le
danger d'être son ennemi pour m'accoutumer
à le craindre et à reconnaître son ascendant.

La protection de Melfort, des manières qui
prévenaient en ma faveur, et un extérieur
assez agréable, me placèrent presqu'immédiatement après lui dans les sociétés que nous fré-
quentions. Une seule chose nuisait à mes progrès dans la carrière de la mode : je n'avais
pas un attachement, et Melfort me répétait
sans cesse que j'aurais déjà dû en avoir une
douzaine. Mais ma tête était encore remplie et
d'Alix et d'Alice : la charmante villageoise
avait ranimé mes chimères de Sylphide. Involontairement je joignais ces deux souvenirs; ils
se confondaient dans mes pensées; le rapport
même de leur nom y contribuait. Je ne quittais pas le médaillon où je voyais un A formé
par des cheveux dont la couleur me semblait
être celle des cheveux d'Alix; et mon cœur,
rempli de ce double sentiment, restait de
glace pour toutes les femmes.

Le chevalier de Melfort m'en faisait de conti-
nuels reproches; je détournais autant qu'il m'é-
tait possible ses idées et ses questions : j'aurais
redouté trop de railleries mordantes s'il avait pu
me soupçonner d'être assez *romanesque* (c'était
son expression favorite) pour nourrir une illusion insensée sur un être imaginaire, et une
passion secrète pour un autre être tout aussi
fantastique peut-être, que je n'avais aperçu
qu'un instant, et qui absorbait tous les sentimens de mon cœur et me poursuivait sans
cesse. Je me défendais autant qu'il était possible de cette folie, car je donnais moi-même
ce nom au sentiment qui m'obsédait pour deux
êtres inconnus, que sans doute je ne reverrais
jamais; quelquefois aussi il s'y mêlait une ré-
miniscence de la séduisante Agathe. Pour me
distraire forcément, j'essayai de me jeter
dans le tourbillon du monde, et ce moyen me
réussit à demi; mais il avait aussi son danger.
J'étais porté à aimer le jeu, et un goût de
cette espèce doit devenir naturellement une
passion pour ceux qui sont exposés aussi souvent que je l'étais à des tentations presque
irrésistibles. J'avais débuté par une perte considérable. Mon oncle, l'ayant appris, avait

payé noblement pour moi ; mais alors le trouble inquiet de mon âme me donna plus de
besoin que jamais de chercher la dissipation,
et je recourus de nouveau à ce dangereux
amusement. J'espérais que cette manière, si
convenable aux yeux de la mode , de passer
sa vie à se ruiner ou à ruiner les autres, pourrait excuser aux yeux de Melfort mon insen-
sibilité : car le jeu , qui est peut-être trop
souvent la seule passion de la vieillesse, riva-
lise quelquefois chez les jeunes gens avec l'a-
mour lui-même ; mais Melfort était trop ha-
bile pour s'en laisser imposer. Il me répétait
chaque jour que je ne pouvais pas, à mon âge
et avec ma tournure, me borner au métier
de joueur. Il m'attaquait sans pitié sur ma
passion secrète , et ne cessait de me demander
le nom de ma belle. Il m'appelait le Céladon
du siècle ; il se livrait à la gaîté brillante de
son imagination, pour créer dix mille portraits de la duchesse italienne ou de la princesse russe qu'il croyait m'avoir charmé dans
mes voyages et me commander encore une
constance si touchante. A la fin, ses raisonnemens , ses persécutions l'emportèrent , ou plutôt la dissipation du monde avait déjà produit

son effet sur moi. Il m'avait mené à des sou-
pers et à des parties de plaisir chez les actri-
ces, les danseuses, les courtisanes les plus
célèbres : je distinguai bientôt Eléonore. Jamais Laïs n'attira plus d'admiration par une
réunion parfaite de tous les charmes et de
toutes les grâces. Elle y joignait mille talens;
son esprit était cultivé, et une gaîté piquante
le faisait encore ressortir. Des auteurs, des
hommes de lettres embellissaient son cercle
et cherchaient à captiver ses faveurs.

Je n'eus pas le courage de résister à une
créature aussi séduisante, qui paraissait me
distinguer de son côté. Ma vanité allait jouir
de l'enlever à la cour qui l'entourait, à ses
adorateurs de tout âge et de tout état, des
ministres, des princes, des petits-maîtres,
des financiers; et, avec toute l'imprudence
d'un jeune fou, je la pris publiquement pour
ma maîtresse. J'imaginai d'abord qu'en satis-
faisant ma vanité et mon imagination, je pourrais préserver mon cœur de toute atteinte;
mais je m'aperçus bientôt que, sans éprouver
un véritable amour, les moyens de séduction
de cette femme suffisaient pour me captiver.

La fortune semblait vouloir me ruiner de

tous côtés, car j'avais beaucoup perdu d'argent au jeu, et je redevais encore trois mille louis à Melfort, qui avait acquitté pour moi des dettes moins considérables. Mes affaires étaient dans cette désastreuse situation, lorsque mon oncle me prit un jour à part et me dit : « Mon cher Charles, je ne veux pas vous faire un sermon ; je sais que vous entretenez une maîtresse, et, quoique j'eusse préféré vous voir exempt de cette folie, elle ne me surprend pas. Je veux même vous l'avouer, j'aime mieux pour vous cette manière de vivre que si vous aviez, conformément aux maximes du siècle, séduit la femme d'un ami ou troublé la paix d'une famille honnête. Je vous demande une seule chose : dès que vous serez revenu de votre ivresse, débarrassez-vous d'Eléonore : jusque-là, agissez généreusement avec elle ; mais ne faites point de folies, car mes affaires sont aujourd'hui dans un état qui ne me permet pas de vous aider d'ici à quelques mois. Soyez facile et aimable pour votre maîtresse, mais que les artifices d'une courtisane ne rendent pas votre cœur moins susceptible du sentiment pur qu'une femme estimable peut vous faire connaître dans la suite. »

J'aurais été moins frappé des reproches les plus sévères que je ne le fus de la bonté touchante de mon oncle. Je ne trouvai pas d'expressions pour lui répondre; mais je le quittai avec une profonde reconnaissance et une contrainte pénible. Ses conseils m'avaient rendu à moi-même. Je voyais les dangers de l'intrigue dans laquelle j'avais été attiré; et d'ailleurs je m'indignais d'avoir ainsi cédé à l'empire d'une femme, quand mon cœur appartenait à une autre.

Mais, pour ne pas me borner à de stériles regrets, je résolus de m'éloigner insensiblement d'Éléonore. Je comptais lui indiquer avec ménagement le projet auquel je me voyais forcé; et, mon parti pris, je me rendis tout de suite chez elle. Je la trouvai dans les larmes. Je fus consterné d'apprendre qu'elle allait être arrêtée pour une dette de deux mille louis, si je ne pouvais me procurer cette somme d'ici au lendemain matin. Elle me prouva trop clairement qu'elle n'avait fait que d'après ma volonté, ou du moins avec ma permission, les dépenses qui occasionnaient cette dette exigible, et auxquelles j'avais moi-même participé: ses larmes étaient désespérantes, et sa demande juste. Je lui dis de ne rien craindre pour elle, que j'étais seul à blâmer, mais qu'à tout prix j'aurais à son égard les procédés d'un galant homme, quoiqu'elle dût bien sentir que notre liaison ne pouvait plus durer. En disant ces mots, je la quittai sans attendre sa réponse. Ma seule espérance reposait sur le chevalier de Melfort, qui était quelquefois riche. Je me tranquillisais dans l'idée qu'il viendrait à mon secours, et que, joignant cette dernière dette aux précédentes, il attendrait le paiement du tout jusqu'au moment où mon oncle pourrait le satisfaire. Je me promettais de mener une vie plus raisonnable pendant quelques mois, afin d'avoir plus de droits à demander de tels sacrifices.

Je courus donc chez le chevalier sans douter du succès de ma démarche : il se leva au moment où il m'aperçut, et me dit en m'embrassant : « Mon cher Charles, vous êtes l'homme du monde que je désirais le plus de voir : votre justice et votre amitié peuvent me sauver. Je suis ruiné; j'ai perdu des sommes immenses la nuit dernière, et le feu est dans mes affaires. En un mot, il faudra

que je quitte le service et la France, si vous
ne me payez pas les trois mille louis que vous
me devez. D'ailleurs, ajouta-t-il, je ne me
fais aucun scrupule de vous presser : nous
savons tous que vous avez dans votre oncle
une véritable mine d'or. » Je fus attéré; mais
la fierté naturelle de mon caractère me donna
la force de cacher mon émotion, et je lui dis,
avec cette sorte de calme qui tient du désespoir, qu'il aurait son argent sous deux jours.

Je sortis, et j'allai porter mes pas je ne
sais où. Ma tête était brûlante, tandis que
mon sang se glaçait dans mes veines. Je ne
savais à quel parti m'arrêter. Quoiqu'il fît très-
froid, et que l'après-midi s'avançât, j'errai
encore long-temps dans les rues. Je n'eus
pas le courage de rentrer à l'hôtel; je dînai
chez un mauvais traiteur dans un quartier
éloigné. Je recommençai ensuite mes courses
vagabondes, et enfin je me décidai à implorer
la bonté de mon oncle. Je n'ignorais pas combien le moment était mal choisi : il m'avait
prévenu lui-même qu'il était sans argent. Je
savais qu'il venait de faire une acquisition
considérable en Bourgogne, où même il bâtis-
sait; mais la nécessité n'était pas moins im-

périeuse pour moi. Je comptais lui demander
la permission, s'il pouvait trouver de l'argent,
de quitter Paris jusqu'à ce que je fusse devenu
plus sage. Je me sentis soulagé d'avoir pris
un parti, et je rentrai avec l'intention de
parler sur-le-champ au maréchal. Mais l'agi
tation extrême que j'éprouvais sembla se calmer pour le moment, lorsque j'appris que
mon oncle avait été appelé à Versailles pour
une affaire soudaine, et qu'il ne reviendrait
pas de la journée. J'avais quelques instans
pour respirer. C'était la soirée du lendemain
que j'avais fixée aux créanciers d'Eléonore. Il
me restait donc un peu de temps devant moi;
et je m'efforçai, quoique inutilement, de me
tranquilliser en rappelant à mon esprit la
parfaite bonté de mon oncle. Mon ingratitude
à son égard et la honte de mes folies revenaient sans cesse m'accabler. Je renvoyai
mon domestique, et je me jetai sur mon lit,
par un sentiment d'impatience plutôt qu'avec
l'espérance de dormir.

J'avais essayé en vain de prendre quelque
repos : il était très-tard, et ma lumière s'étant
éteinte, la profonde obscurité avait augmenté
mes idées sombres en m'invitant davantage à

m'y livrer. J'étais éveillé, et je ne cessais de me tourmenter, lorsque tout-à-coup ma chambre me parut éclairée comme en plein jour. J'ouvris précipitamment mes rideaux, et je fus frappé de la lumière éclatante d'un grand nombre de lustres suspendus élégamment à des guirlandes. Au milieu de cet étonnant spectacle paraissait la plus belle personne que l'imagination puisse se représenter. C'était une femme qui ressemblait à Alix trait pour trait. Une couronne de roses contenait ses beaux cheveux flottans; et les draperies de sa robe blanche étaient relevées par une ceinture formée des mêmes fleurs. Elle me dit avec un doux sourire : « Charles, je suis Alice, votre meilleure amie; je connais vos chagrins, et je viens pour les faire cesser. » Elle jeta sur le plancher une grosse bourse : «Voilà dans cette bourse, ajouta-t-elle, ce qui est nécessaire pour acquitter vos dettes. Payez le chevalier; satisfaites aux engagemens d'Éléonore, mais rompez vos liaisons intimes avec tous deux. Croyez-moi, ils n'en sont pas dignes. Livrez-vous dorénavant à des occupations plus honorables, et soyez persuadé qu'elles vous seront utiles dans le cours de votre vie. On vous pro-

posera une place à la cour, ne la refusez pas.
Souvenez-vous surtout que vous perdrez mes
bontés pour toujours, et que vous ne me re-
verrez jamais, si vous ne faites pas l'usage
prescrit de l'argent que j'ai apporté pour que
vous l'acceptiez. »

Au même instant, la figure, les lustres, les
guirlandes, tout disparut avec un grand bruit,
et je me retrouvai dans la même obscurité
qu'avant cette étrange apparition. J'osais à
peine croire ce que j'avais vu; cependant
j'étais bien sûr de ne pas rêver. Je fus quelques instans sans pouvoir trouver ma porte et
éveiller mon domestique, dont la chambre
touchait à la mienne. Je me gardai bien de
lui parler de ma vision; car j'étais honteux de
ma crédulité. Je lui dis seulement de me donner une lumière, et je lui demandai s'il n'a-
vait pas entendu du bruit. Il m'assura que
non; en effet, ses yeux à demi fermés, son air
endormi, semblaient dire qu'il n'avait été réveillé que par moi. En rentrant dans ma chambre je voulais encore douter de la réalité de ce
que j'avais vu, et je me traitais moi-même de
visionnaire; mais la bourse que je trouvai à
terre, et qui contenait cinq mille louis, était

une preuve à laquelle je ne pouvais rien opposer. Ma chambre me parut absolument dans
le même état que lorsque je m'étais couché.
Elle était séparée de mes autres appartemens,
et il n'y avait à côté que la pièce occupée par
mon domestique. Je regardai partout; je
n'aperçus rien qui ressemblât à une ouverture
dans le plancher, ni le moindre dérangement
dans les tableaux dont la chambre était déco-
rée. C'était quelque chose de merveilleux tout
à la fois et de désespérant que l'invraisemblance d'une telle aventure, et l'étrange certitude qu'elle était vraie. Je pus à peine fer-
mer l'œil de toute la nuit; et lorsque le matin
arriva, en me rendant compte de mes idées, je
fus obligé de renoncer plus que jamais à celle
d'un rêve. J'étais plus vivement ému que surpris : j'avais nourri trop long-temps la possibilité de telles apparitions pour douter de la
réalité de celle-ci, et j'avais trop désiré de
voir Alice pour en être effrayé. Mais avait-
elle pris la figure d'Alix comme étant celle qui
m'avait plu davantage? ou bien était-ce ma
Sylphide qui m'était apparue au bord de la
rivière en Bourgogne? Plusieurs choses semblaient confirmer cette idée, et d'autres l'éloi-

gnaient. J'avais vu les frères d'Alix et le
simple bateau qui l'avait emmenée; tout cela
formait pour moi un problème inexplicable ,
et je sentis s'accroître l'embarras et la perplexité qui me tourmentaient. Cependant, le
cœur plein de reconnaissance pour mon ange
gardien, je me promis d'exécuter ses ordres;
mais je conçus l'espoir que, dans l'avenir, quelque événement ou une seconde apparition me
permettrait de m'acquitter envers elle.

Le chevalier de Melfort et Éléonore furent,
je crois, également surpris de la promptitude
avec laquelle je m'étais procuré de l'argent.
J'allai les voir tous les deux le matin, et je
m'empressai de satisfaire à toutes leurs de-
mandes. Melfort n'osa pas trop se moquer de
moi, quand je lui montrai dans ma position
l'impérieuse nécessité de changer de manière
de vivre. Il voulut cependant me dissuader de
quitter Éléonore, et finit par me dire qu'il
n'y avait rien là d'étonnant, que sûrement je
ne me souciais plus d'elle. Il me proposa plusieurs parties de plaisir, dont je me dispensai,
et nous nous quittâmes assez bons amis. Cependant Melfort ne put s'empêcher de remar-
quer, avec un sourire moqueur, que lorsque

j'aurais un peu plus d'usage du monde, je ne me laisserais pas autant accabler par des embarras d'affaires si misérables.

Éléonore pleura beaucoup en me voyant parler encore de la quitter; mais lorsqu'elle jugea que ses instances ne changeraient rien à ma résolution, elle prit son parti avec une douceur dont je lui sus très-bon gré, quel que pût être son motif.

J'invitai le même jour Valmont et d'Orsigny à dîner avec moi; et mon oncle, à son retour de Versailles, parut charmé de me trouver en société avec des hommes si estimables. Dans la soirée il me proposa un entretien particulier où il me dit qu'il ne voulait jamais gêner mes inclinations, mais que je pouvais faire quelque chose qui lui serait fort agréable; qu'une place honorable était vacante dans la maison d'un prince du sang, que le roi la lui avait proposée pour moi, et qu'il désirait de me la voir accepter.

J'exprimai à mon oncle ma reconnaissance, et me rappelai ce qui m'avait été prédit dans ma vision. Le maréchal continua ainsi : «Vous savez, mon neveu, qu'en France une place à la cour est regardée généralement comme

une chose agréable pour un jeune homme.
Conduisez-vous avec dignité, d'une manière
honorable et indépendante. Méritez la faveur
de votre prince par votre exactitude à remplir vos devoirs, mais qu'il n'y ait rien de
servile dans vos assiduités. » J'assurai à mon
oncle que je ne le ferais jamais rougir du nom
que je portais, et nous convînmes du jour où
je devais être présenté.

Je fus bientôt établi dans cette nouvelle
position. Pendant quelque temps le souvenir
de mon étrange aventure me poursuivit pour
me tourmenter ; mais le changement de scène,
et l'activité de ma vie, que j'étais obligé de
partager entre Paris et Versailles, finirent par
me distraire et m'amuser. Je pensais souvent
à mon amie aérienne ; mais cette pensée devint
moins occupante.

J'avais le bonheur de plaire à mon prince,
j'étais en général aimé des jeunes gens, et
je réussissais même auprès des hommes plus
âgés, lorsque madame de Roseville, l'une des
femmes de la cour les plus jolies et les plus lé-
gères, prit fantaisie de me ranger au nombre
de ses adorateurs. Elle était dame d'honneur
de la princesse de *** ; des rapports de ser-

vice et une situation absolument semblable
nous donnaient de fréquentes occasions de
nous voir. Je lui trouvais une étourderie ori-
ginale qui me plaisait. Je la regardais comme
une enfant, et je ne songeais pas le moins du
monde à devenir amoureux d'elle. Cependant, par ses manières, elle sut me donner
l'attitude d'un de ses esclaves. Elle avait un
charme auquel on ne pouvait guère résister;
elle était si belle, si capricieuse, et en même
temps si piquante, qu'il était impossible de
ne pas rechercher sa conversation, et de ne pas
éprouver son influence.

Mais sous ces apparences de légèreté et
d'étourderie, elle cachait un goût plus sérieux,
qui se laissait quelquefois deviner, le goût de
l'intrigue et de la politique. Elle aimait mieux
se tourmenter la tête de mille projets que de
recevoir les hommages rendus à son esprit et
à sa beauté; et elle savait conduire une affaire
si légèrement, elle savait si bien persuader,
qu'elle réussissait presque toujours dans ce
qu'elle entreprenait, et qu'on était entraîné
sans s'en apercevoir.

La cour et même la nation étaient divisées
en deux partis. M. de...., qui avait une place

importante dans les finances de l'état, avait
fait sa fortune par un esprit actif et intri-
gant, qui dédaignait les scrupules, et qu'aucun obstacle n'arrêtait. Depuis qu'on l'avait
appelé aux affaires, il savait plaire aux ministres par la hardiesse de ses projets et les
ressources de son travail. Mais il était détesté
de tous les vieux gentilshommes, parmi lesquels mon oncle tenait le premier rang. Ceux-
ci redoutaient les plans de M. de....., et mé-
prisaient son caractère, tandis qu'il avait pour
lui les jeunes gens, les hommes à projets,
et en général toute la classe des aventuriers.
Il était même le favori de plusieurs femmes
de la cour et de Paris, et madame de Roseville se montrait à la tête de ses plus vifs parti-
sans. Elle avait à cœur de me conquérir à son
parti, et par ce moyen d'y attirer mon oncle,
dont on connaissait l'extrême tendresse pour
moi, ou au moins de le tourmenter. J'avoue
qu'elle sut assez bien me tromper par son
air d'enfantillage, pour que j'eusse long-temps
les yeux fermés sur tous ses projets. Je ne lui
soupçonnais pas des intentions plus profondes
que celle de s'amuser, et de tromper le temps
par mille distractions. Un peu avant de com-

mencer ses attaques politiques, elle m'avoua qu'elle m'aimait, et je n'eus pas assez de force d'esprit ni de philosophie pour résister à ses attraits. Il est bien vrai que mon cœur appartenait toujours à une autre; mais quel était cet étrange objet de mon sentiment? un fantôme, un être fantastique, qui sûrement me protégeait, mais qui semblait habiter un autre monde. Enfin je trouvai des raisons pour justifier mon inconstance, et l'expérience me prouva ce que j'ai toujours observé, c'est que le véritable danger du monde n'est pas l'empire que doivent exercer sur l'âme les grandes passions, mais cette influence inévitable des moindres objets et d'une dissipation continuelle, qui affaiblissent l'esprit en détruisant la sensibilité du cœur.

Il me fallut peu de jours pour juger le caractère léger de madame de Roseville; car j'eus des raisons de croire que je n'étais pas le seul amant bien traité par elle. Mais je ne l'avais jamais estimée, et ce que je ressentis de semblable à la jalousie d'un moment eu plutôt l'effet d'augmenter son pouvoir. Jamais je ne désirais ni ne regrettais sa présence lorsque j'étais loin d'elle; mais, au moment où je la voyais, je tombais sous le charme, et je ne savais plus résister à ses ordres.

Je restai confondu lorsqu'elle commença à m'attaquer sur mes sentimens politiques : en vain je voulus me défendre avec quelques lieux communs, et lui dire qu'une si jolie bouche ne devait pas parler d'affaires sérieuses jusqu'à l'ennui. Elle revint à la charge; elle donna de grands éloges à M. de...., et me pressa sans cesse de me faire présenter chez lui; mais, par égard pour mon oncle, qui avait aussi sur ce sujet l'assentiment de ma propre opinion, je me refusai à toutes ses instances. Nous étions en carnaval, et toute la société de madame de Roseville avait fait la partie d'aller déguisée au bal de l'Opéra. Nous dînâmes ce jour-là chez elle, à Paris, et là elle me prévint que M. de..... devait donner un réveillon à toute la compagnie après la mascarade. Elle espérait, ajouta-t-elle, que je ne renoncerais pas à la suivre et à m'amuser, pour un ridicule entêtement dans mes préventions. Je lui représentai que, devant tout à mon oncle, il serait trop inconvenant pour moi d'aller souper chez son ennemi déclaré, que je ne connaissais même pas. Elle écarta

cette objection, en m'assurant que nous ne
nous démasquerions pas, que M. de..... lui-
même ne saurait pas qui j'étais, et que, s'il
prenait envie au reste de la société d'ôter ses
masques, je pourrais encore rester déguisé.

Quelque étrange que fût ce projet, j'y consentis malgré moi. Madame de Roseville parut
heureuse de l'avoir emporté, et elle me montra sa reconnaissance d'une manière si aimable et avec tant de gaîté que je ne pouvais
regretter de lui obéir. Tout ce qu'il y avait de
plus agréable dans la société de madame de
Roseville dînait chez elle. Nous nous dégui-
sâmes dans la soirée, de la manière la plus
grotesque : à peine si nous pouvions nous reconnaître entre nous. La parfaite ressemblance
de nos habits devait nous cacher encore mieux
aux yeux des autres; et nous partîmes pour
le bal, bien sûrs du succès de notre mascarade. Madame de Roseville prit mon bras;
son humeur vive et enjouée contribuait à
m'animer. Notre projet était d'intriguer, de
tourmenter toutes les personnes de notre connaissance. Elle y réussit avec une gaîté d'esprit qui la rendait très-piquante. Je lui en
exprimais ma sincère admiration, lorsqu'un

masque très-enveloppé dans une capote et un capuchon noir, avec un nœud de ruban bleu de ciel sur la tête, me tira par le bras, et me dit à l'oreille : « Pensez-vous que ce soit bien reconnaître les bontés de votre oncle que de souper chez M. de.... ! » Je tressaillis : la voix que je venais d'entendre, quoiqu'elle cherchât à se déguiser, avait pénétré jusqu'à mon cœur.

« Je veux savoir qui vous êtes, » dis-je à ce masque en me retournant vivement. Il me vint alors dans la pensée que ce ne pouvait être qu'une personne de notre parti, puisque l'engagement du souper n'était connu d'aucune autre. J'appelai madame de Roseville à mon secours. Je la suppliai de découvrir qui ce pouvait être, et si l'un des nôtres n'avait pas changé son déguisement. Elle accosta le masque noir avec sa vivacité ordinaire ; mais celui-ci me fit de la tête un signe d'intelligence, et rentra tout de suite dans la foule. Madame de Roseville s'attachait à le poursuivre, lorsqu'heureusement pour moi, qui commençais à me reprocher de l'avoir mise en tiers dans la conversation, elle fut arrêtée par quelques-uns de ses amis, qu'elle avait grande envie de tourmenter. Je la laissai les attaquer, et je

cherchai de tous côtés mon masque : un petit
coup sur mon épaule me le fit retrouver derrière moi. Alors, ne déguisant plus sa voix, il
me dit : « Je vois que vous avez tout-à-fait oublié la pauvre Alix. —Oh! non, lui répondis-je,
il m'est impossible de vous oublier tant que
j'existerai. Actuellement que je vous ai re-
trouvée, je prends le ciel à témoin que nulle
puissance au monde ne pourra nous séparer.
— Si vous voulez me voir, reprit-elle, suivez-
moi. »

Elle échappa au travers de la foule ; madame
de Roseville avait quitté mon bras. Je ne pensais même pas qu'elle existât, et avec la joie
la plus vive je suivis le masque noir. Malheureusement, plusieurs masques très-bruyans
passèrent entre nous deux, et nous séparèrent :
je crus pendant quelques momens l'avoir perdue; mais, passant au milieu de ceux qui m'entouraient, je la revis qui me cherchait des
yeux, et je la suivis sans peine hors de la salle
du bal.

Elle me conduisit par une porte dérobée
dans une rue de traverse où il n'y avait que
peu de carrosses, et, les dépassant, elle vint à
la portière d'une voiture écartée, où quatre

hommes masqués attendaient. Elle monta, et
j'allais la suivre quand les inconnus m'arrêtèrent et me prévinrent qu'il fallait que je con-
sentisse qu'on me bandât les yeux : «Tout ce
qu'il vous plaira, répondis-je, pourvu que je
suive cette dame.» Ils fixèrent avec le plus
grand soin un mouchoir sur mes yeux, et
deux d'entre eux montèrent avec moi dans le
carrosse. Pour m'empêcher sans doute de deviner la route que nous suivions, nous tour-
nâmes près d'une heure dans différentes parties de la ville. J'étais vraiment fatigué de
mon voyage et du profond silence d'Alix et de
mes compagnons, et ce fut avec grand plaisir
que j'appris que nous étions enfin arrivés.

Mes guides me conduisirent par un escalier
étroit au travers de plusieurs portes, et déta-
chèrent enfin mon bandeau. Je me trouvai
dans une belle antichambre, et j'eus le bonheur de voir mon petit masque. Elle se hâta
d'entrer dans un appartement où je la suivis.
Mais mon étonnement fut au-delà de toute
expression, quand, au lieu de la femme noire
au nœud bleu de ciel, je trouvai Alix ou Alice,
embellie de tout l'éclat que la parure, la grâce
et l'élégance pouvaient ajouter à ses charmes

naturels. Elle était assise au fond d'une chambre meublée magnifiquement et très-éclairée.
Quoique madame de Roseville fût citée comme
un modèle dans l'art de la parure, je ne l'avais
jamais vue mise avec la moitié autant de goût
que l'être charmant qui s'offrait à mes yeux.
Elle pinçait une harpe, et, pour achever l'enchantement, elle répétait en s'accompagnant
la même romance que j'avais entendue dans
le bois en Bourgogne. Je m'élançai vers elle,
et, tombant à ses genoux, je m'écriai : « Oh !
qui que vous soyez, par pitié ne me quittez
plus. Si vous êtes une femme, je veux vous
aimer avec toute l'ardeur du plus sincère
amour; si vous êtes un ange, un être supérieur à notre nature, je veux vous adorer, et
vous servir comme un esclave, et seulement
espérer quelquefois le bonheur suprême de
vous voir. »

Elle sourit, et dit : « Charles, me pardon-
nez-vous de vous avoir arraché à madame de
Roseville ? — Vous pardonner ! ah ! lui dis-je,
vous avez ajouté une plus grande obligation à
toutes celles dont vous m'avez déjà comblé.

— Vous ne voulez donc pas, continua Alix,
déplaire à votre oncle, blesser son excellent

cœur en vivant avec ses ennemis ?» Je l'assurai
que rien ne serait désormais plus loin de ma
pensée. Je détestai sincèrement ma folie de
m'être laissé entraîner par madame de Roseville, et je m'efforçai de lui persuader que
mon cœur au moins n'y entrait pour rien.
Mais je lui exprimai vivement le malheur et
l'anxiété de ma situation bizarre et énigmatique,
je lui peignis les doutes et presque la folie où
me jetait le mystère dont elle était entourée;
je la suppliai d'être avec moi confiante et sincère, et de me dire si elle était ma Sylphide.
«Je suis une personne qui vous aime beaucoup,
Charles, me répondit-elle, qui voudrait vous
voir heureux et sage, et qui espère vous conduire au bonheur. Mais écoutez-moi. Si j'ai
fait réellement impression sur votre cœur; si
vous pouvez résister au ridicule d'abandonner
les faciles conquêtes que vous pourriez faire
dans le monde, pour un fantôme, une ombre
passagère, telle que je dois vous paraître, je
vous en récompenserai (du moins si me fixer
pour jamais auprès de vous est une récompense); mais ma première épreuve de votre
résolution est d'exiger de vous de ne faire aucune tentative pour me découvrir, et en cela

je suis doublement votre amie, car je vous assure que vous prendriez des peines inutiles.» Je lui répondis que, quelque pénible que pût être ce sacrifice, l'espoir de la fixer me rendrait capable de garder ma promesse. Alors, avec une grâce toute particulière, elle me donna les règles les plus sages pour ma conduite future, telles en vérité qu'elles auraient pu être dictées par l'amour paternel le plus tendre et le plus éclairé. Un élégant souper fut servi par un grand nombre de domestiques masqués, et la conversation de ma compagne eut toute la grâce, toute la vivacité de celle de madame de Roseville, et toute la séduction de celle d'Éléonore.

Après avoir reçu mon serment d'obéissance, après m'avoir répété que son retour auprès de moi dépendait de ma soumission, elle me dit qu'il fallait la quitter. Les masques qui m'avait conduit reparurent, on me banda les yeux, et les mêmes précautions furent prises pour m'empêcher de reconnaître ma route. Quand je fus remis en liberté, je me trouvai devant la porte dérobée qui menait à la salle du bal. Elle fut ouverte par mes extraordinaires gardiens, et refermée sur moi aussitôt que

je fus entré. Je ne tentai point de les suivre;
mais, craignant de rencontrer quelqu'une de
mes connaissances, je quittai le bal et je rentrai chez moi.

Je reçus dans la matinée une lettre de madame de Roseville; elle me félicitait du ton
le plus ironique de la conquête que j'avais
faite du petit masque noir, et me complimen-
tait sur ma galanterie de l'avoir laissée seule
au milieu de la foule. Comme dans ma réponse
je m'excusai avec autant de froideur que la
plus simple politesse pouvait me le permettre,
elle s'aperçut bientôt que j'avais peu d'empressement pour rentrer en faveur auprès
d'elle. Pendant quelque temps ma défection
ajouta à ses yeux un nouveau prix à mes hommages, et lui donna le plus grand désir de
me ramener. Mais, trouvant tous ses efforts
inutiles, sa légèreté naturelle me fit bientôt
oublier, et l'entraîna avec la même vivacité
dans quelques nouveaux projets de conquête
et d'intrigue.

Je ne puis songer à décrire combien je souffrais de l'incertitude de ma situation. Ma seule
consolation fut de m'occuper à mériter les
bontés et l'affection de mon ange gardien.

J'étais convaincu qu'elle était informée de ma conduite, et qu'elle veillait sur moi. Mon respect, mon estime et ma reconnaissance avaient si fort augmenté ma passion, que je ne pouvais pas même imaginer de vivre sans elle, ni qu'aucun motif au monde pût m'empêcher de joindre mon sort au sien si j'avais le bonheur de la retrouver.

Les nouvelles connaissances que je formais, toutes composées des gens les plus estimés et le plus en crédit, ne pouvaient manquer de m'être utiles. Je sus mériter leur approbation. Mais bientôt une nouvelle carrière s'ouvrit devant moi, et fixa mes vœux et mes occupations: la guerre fut déclarée. Tout ce qui tenait au militaire fut animé de la même ardeur; je la partageai. Mon oncle, avec sa bonté accoutumée, obtint pour moi le commandement de son propre régiment, et fit mes équipages avec la plus grande générosité. Nous fûmes commandés au printemps pour joindre l'armée en Italie.

J'eus le bonheur de me distinguer dans plusieurs occasions, dans une entre autres où, par ma présence d'esprit, je sus couvrir la retraite d'un corps considérable de troupes.

J'obtins l'estime et la protection du général.
Mon zèle pour être employé, et mes succès
dans plusieurs escarmouches, firent ressortir
mon courage d'une manière plus brillante.
Une expédition très-dangereuse se présenta :
il s'agissait d'escorter avec un seul régiment
(on n'en pouvait séparer davantage du corps
de l'armée) un convoi de provisions et de
munitions de guerre, et de le faire entrer
dans une petite ville alors en notre possession,
mais dont on s'attendait chaque jour que les
ennemis allaient faire le siége. Le danger con-
sistait dans la nécessité de passer auprès d'un
poste ennemi très-considérable; notre succès
dépendait absolument du secret.

Je demandai avec instances que cette expédition me fût confiée, et que le régiment
choisi fût le mien. Soit que le général se
fiât à mon heureuse étoile, soit qu'il voulût m'obliger en me donnant une nouvelle
occasion de montrer mon zèle, il m'accorda
ma demande.

Ma confiance était principalement fondée
sur la promptitude et le mystère. Nous partîmes la même nuit : nous rencontrâmes le
convoi que nous devions protéger, et nous

dépassâmes les postes ennemis par l'obscurité
la plus profonde. Nous nous imaginions être
en sûreté, quand, à la naissance du jour, un
corps ennemi, très-supérieur à ma troupe,
tomba sur nous. Je vis d'abord tout le danger ;
mais je résolus de faire au moins bonne conte-
nance, et de ne céder qu'à la dernière extré-
mité. Nous nous battîmes avec fureur, et
sans perdre de terrain : mais nous commen-
cions à succomber sous le nombre, quand un
officier de mon régiment m'avertit qu'une
troupe assez considérable était vue à quelque
distance, s'avançant de notre côté. Il semblait
impossible que ce corps fût de nos amis (car
d'où serait-il venu, puisque les ennemis étaient
entre nous et le corps de l'armée); je crus
donc que c'était un renfort au parti ennemi, et que nous allions être entourés. Je
devins désespéré, et je chargeai avec une
nouvelle furie. Je fus assailli par trois cava-
liers. J'étais déjà blessé au bras et au côté ; je
me voyais menacé du coup mortel, quand
un jeune officier, conduisant le parti de ca-
valerie qu'on avait aperçu, vola à mon secours.
Il força le passage entre les hussards et moi à
la tête de sa troupe, et les mit en fuite. Le

reste de ses hommes, qui suivaient en grand nombre, rallièrent les miens et tombèrent sur l'ennemi. Pendant ce temps-là leur chef me soutenait sur mon cheval. Mais, quand je re- gardai mon libérateur, je reconnus sous l'air d'un jeune officier charmant, mon Alice, mon ange gardien. Ce fut la dernière chose que je vis; je m'évanouis, et de la douleur et de la perte de mon sang et de mon émotion. J'ignore quand je revins à moi-même; car une fièvre ardente me jeta dans un tel délire que pendant quinze jours je n'eus pas la moindre idée de ce qui se passait autour de moi. En reprenant mes sens, je restai dans un état de stupidité qui dura plusieurs se- maines.

La première chose qui me frappa fut de me trouver dans une chambre agréable, soi- gné par le chirurgien de mon régiment, et par un médecin de Paris; quel fut mon éton- nement de voir à côté de mon lit Alix dans son uniforme militaire! Je voulus lui parler, mais mon médecin se hâta de me dire que mon rétablissement dépendait de mon silence et de ma tranquillité. J'aurais désobéi à cet ordre, si Alix, ou plutôt Frédéric (car elle

n'était connue que sous ce nom de ceux qui
me servaient), ne m'avait demandé avec le
ton et le regard le plus touchant de faire ce
qu'on exigeait de moi pour ma guérison.

Frédéric était continuellement auprès de
mon lit, et la garde la plus soigneuse et la plus
affectionnée n'aurait pu veiller sur ma santé
avec plus d'attention. Les remèdes qui m'é-
taient ordonnés, la nourriture que je prenais,
tout m'était présenté par lui. Si mes douleurs
me réveillaient dans la nuit, j'étais sûr de le
trouver à côté de moi, attentif à mes plaintes,
et s'efforçant de les calmer par les plus tendres soins.

Comme l'augmentation de mes forces me
permettait alors de parler, mais non encore
sans quelque danger, il me l'interdisait en
me disant lui-même les choses les plus agréa-
bles et les plus intéressantes, ou en me
faisant les lectures qui pouvaient le mieux
m'amuser et me distraire. Il parvenait toujours à occuper mon esprit sans le fatiguer; et
son zèle était si actif, si soutenu, que je pa-
raissais être le seul objet de ses pensées, et
remplir tous ses momens. Ma tête était encore
si faible que, tout en éprouvant quelque éton-

nement de la présence inexplicable d'Alix, il m'était impossible de rassembler assez mes idées pour les lui exprimer et la questionner. Je cédais donc tranquillement au bonheur qui remplissait mon âme, en me voyant soigné par l'objet de mon idolâtrie, et passant tous les instans avec elle. Mais, à mesure que mes forces revenaient, mes doutes étaient plus pénibles et ma perplexité augmentait. Je hasardais de temps en temps quelques questions, que Frédéric éludait toujours. Enfin, un soir où je me sentis assez bien pour traiter ce sujet intéressant et qui me tenait si fort au cœur, je le suppliai d'avouer qu'il était Alix ou Alice, et de me donner enfin l'explication que je désirais depuis long-temps. « Mon ami, me répondit-il, jusqu'à ce moment j'ai toujours attribué l'extraordinaire question que vous me faites au désordre de votre esprit, mais à présent que vous êtes plus raisonnable, je puis vous demander à mon tour ce que vous voulez dire. Sûrement quelque ressemblance empreinte dans mes traits vous abuse et vous égare. — Oh ! mon Alice, m'écriai-je, pensez-vous que je puisse me tromper ? Cependant, pour vous répondre dans votre sens, comment puis-je , en vous supposant un étranger, expliquer l'intérêt touchant et la bonté sans pareille que j'ai éprouvée de votre part? Votre courage pouvait vous avoir conduit à sauver ma vie; mais vous avez fait plus, vous avez dévoué la vôtre à me soigner, comme aurait pu faire le frère le plus tendre : à quel motif puis-je attribuer une telle affection?' — A l'estime que vous m'avez inspirée, me répondit-il. J'ai eu le bonheur de sauver votre vie; l'humanité la plus ordinaire et la plus simple, l'affreuse situation dans laquelle vous étiez, me commandaient de vous secourir; votre propre mérite a fait le reste. Quant à ce que je suis, je n'ai aucune raison pour le cacher : je le voudrais inutilement, étant parfaitement connu dans l'armée. Mon nom est Frédéric Delville le vieil officier que vous avez vu avec moi est mon oncle. J'avais été jusqu'à cette année retenu dans l'oisiveté et la retraite par une mère dont j'étais le fils unique, qui m'idolâtrait et ne voulait pas consentir à se séparer de moi, et à me placer dans le militaire. Elle est morte il y a peu de temps , et comme je suis encore mineur, mon oncle est devenu mon tuteur. Lorsque je fus devenu libre par la

20

mort de ma mère, la guerre se déclara, et le
désir de réparer le temps perdu s'empara de
toutes mes facultés. Je fus saisi d'une ardeur
toute militaire; et, avec le consentement de
mon oncle, j'obtins la permission du gouverneur de Nancy (car mes terres sont dans la
Lorraine) de lever un régiment à mes frais,
et de joindre l'armée française. Je faisais ma
route, et je passais par un village près du chemin que vous suiviez avec votre détachement.
Un soldat qui vous appartenait, et qui était
sans doute un traîneur ou un déserteur, m'informa de votre dessein, du peu de troupes que
vous aviez avec vous, et des dangers qui vous
attendaient à un certain poste. Je pensai tout
de suite que le meilleur usage que je pouvais
faire de mes hommes était de vous apporter du
secours : je fus assez heureux pour arriver à
temps. Quand vous perdîtes connaissance, je
vous portai sous un arbre, où votre chirurgien pansa vos blessures. Mes troupes unies
aux vôtres repoussèrent l'ennemi, et firent
entrer le convoi de provisions dans la ville.
Depuis lors nous sommes restés ici sans être
inquiétés. Vous pouvez, mon cher ami, faire
toutes les perquisitions que vous voudrez; la

vérité de ce que je viens de vous raconter
vous sera confirmée. Nous avons souvent trem-
blé pour votre vie, et je n'ai pas voulu vous
quitter qu'elle ne fût en sûreté. »

Tourmenté comme je l'étais par mes doutes
et mes inquiétudes, ma principale crainte cependant était que Frédéric ne me quittât.
J'obligeai ma raison de se soumettre à ce
qu'il me disait. Je m'efforçai de le croire, ou
du moins d'en avoir l'air, de peur que des
questions continuelles ne me privassent de
sa présence. Plus ma santé se rétablissait, et
plus il me paraissait aimable. Il se laissait
alors aller à la douce gaîté et aux saillies d'une
imagination vive et brillante. La bonté et la
sensibilité de son cœur égalaient la délicatesse
de son âme et la parfaite mesure de sa conduite. Son esprit était cultivé, et particuliè-
rement embelli par la littérature. Il était excellent musicien, et ses dessins étaient tels
qu'un bon peintre les aurait avoués. Avec de
telles ressources, et le charme séduisant de
sa ressemblance, on ne s'étonnera pas si mon
temps passait agréablement, et si ma guérison fut bientôt complète. J'avais déjà pris
l'air plus d'une fois hors de ma chambre,

quand un matin je fus surpris de ne pas voir
Frédéric à côté de mon lit au moment où je
m'éveillais. J'appelai mon domestique, et je
m'informai vivement de mon ami. Il parut
étonné, et me répondit : «Sûrement, monsieur, M. le baron (c'est ainsi que mes gens
nommaient Frédéric) a pris congé de vous.
— Pris congé de moi ! m'écriai-je ; pourquoi ?
où est-il ? »

Francisque me supplia de me calmer, et
m'apprit que le jeune baron et son oncle
avaient été obligés, sur quelques lettres arri-
vées de Nancy, de partir immédiatement la
nuit précédente. La confirmation de cette
nouvelle me jeta dans le désespoir ; et l'agitation, et la fièvre qu'elle m'occasionna alarmè-
rent beaucoup mon médecin. Mais je fus un
peu consolé par une lettre de mon ami. Il
s'excusait de son brusque départ ; il avait été
pressé par une affaire importante, et il avait
redouté un adieu pour tous les deux ; sa présence était en ce moment nécessaire en Lorraine ; mais il espérait me rencontrer bientôt
à Paris. Cette dernière phrase fut ma plus
douce consolation. J'avais déjà plus d'une
fois formé la résolution de percer le mystère

qui m'entourait. Dans cette circonstance, ma
faiblesse et le plaisir que me donnait ma
soumission à mon aimable génie ; l'avaient
emporté sur ma curiosité ; mais je résolus so-
lennellement qu'à cette rencontre à Paris j'é-
claircirais tous mes doutes, et que je saurais
enfin quelle espèce d'être s'était attachée à moi
et m'avait comblé de bontés, tout en désespérant et ma tête et mon cœur par les tourmens de l'incertitude. Pendant que je profitais
du retour de ma mémoire, pour m'occuper
de tout ce qui m'était arrivé, que j'essayais
vainement de pénétrer dans le passé et de
former des plans pour l'avenir, je fus agréablement surpris par l'arrivée de mon père et
de ma mère. Ils avaient appris mes blessures,
et aussitôt, ayant obtenu un congé et arrangé
leurs affaires à Naples, ils avaient volé auprès de moi.

Ma joie fut aussi sincère qu'inattendue. Je
l'exprimai avec toute la sensibilité qui était au
fond de mon cœur ; mais, malgré le bonheur
de les revoir, je ne pus ni surmonter ni cacher mon inquiétude et mon agitation. La mélancolie qui m'oppressait frappa mes bons parens ; pour les tranquilliser, je leur avouai

qu'elle était causée par la perte du tendre
ami qui m'avait sauvé la vie. Ils se joignirent
à mes regrets, et m'assurèrent qu'à Paris ils
ne négligeraient rien pour prouver l'excès de
leur reconnaissance à Frédéric.

Dès que mes forces furent assez rétablies,
nous partîmes pour Paris; je restai pendant
le voyage dans le même état de trouble et de
tristesse, et mon père et ma mère ne cessè-
rent de me montrer la plus tendre sollicitude.

Le matin du jour où nous devions arriver,
j'aperçus des consultations et un air de mystère entre mes parens. Je venais d'exprimer
mon impatience et mon bonheur de revoir
mon excellent oncle, quand mon père me
dit : « Mon cher Charles, j'ai craint qu'une
joie trop soudaine ne vous fît une impression
dangereuse dans votre état de faiblesse, et
je vous ai caché la plus heureuse des nouvelles; mais à présent je ne puis résister plus
long-temps au plaisir de vous informer du
bonheur qui vous attend à Paris, et que vous
méritez si bien. » Je regardai mon père avec
des yeux où se peignaient à la fois et l'émotion et la surprise. Mon cœur battait violemment, uniquement occupé d'Alix; j'espérais

que ce que j'allais entendre, ce qui m'était
annoncé comme le plus grand des bonheurs,
ne pouvait que la regarder; car sans elle rien
ne pouvait être bonheur pour moi. Mon père
continua : « Vous ne pouvez vous imaginer,
mon cher enfant, le sort brillant et envié dont
vous allez jouir. Le mariage de votre cousine
Adélaïde et du duc de Vintimille est rompu,
et votre généreux oncle, avec une bonté vraiment paternelle, a refusé pour elle les plus
grands partis de France, et vous destine la
belle et jeune princesse de Zelve et son immense fortune. »

Mon père s'attendait que cette nouvelle serait reçue de ma part avec joie et reconnaissance; mais mon abattement et ma tristesse
trompèrent bien toutes ses espérances.

Il me regarda en silence pendant quelque
temps; à la fin il me dit : « Est-il possible,
Charles, que vous ne sentiez pas le prix de
ce qui vous est offert, ou que vous vous ju-
giez indigne d'un tel bonheur? — Hélas ! mon
père, lui répondis-je, le vœu le plus constant,
le plus cher de mon cœur serait sans doute
de témoigner et mon amour et ma soumission, à vous, à mon oncle; mais il n'est que

trop vrai que je suis indigne de ce que vous me proposez. Que puis-je vous dire ! votre malheureux fils est peut-être trompé par une erreur, par une chimère, mais il a perdu la raison. »

Mon père et ma mère furent également affectés de ma vive expression, et, alarmés de mon état, ils me supplièrent de me calmer, et m'assurèrent que, malgré la peine qu'ils pouvaient éprouver de me voir renoncer à un projet qui m'aurait rendu si heureux, ils ne forceraient jamais mes inclinations. Ils me conjurèrent avec toute la tendresse possible de leur avouer mon attachement, quel qu'en pût être l'objet, et me prièrent de me reposer sur leur indulgente tendresse du soin de me réunir à cet objet de mon amour. Je leur répondis que cela n'était au pouvoir de personne au monde ; alors ils me demandèrent vivement si j'avais entendu dire quelque chose de désavantageux sur ma cousine et sur son inclination pour le duc de Vintimille.

« Oh ! non certainement, répondis-je ; je suis sûr au contraire que la princesse de Zelve mérite un sort plus heureux que celui que je puis lui offrir. — Que pouvons-nous donc être pour vous, Charles ? » demanda mon père. Je me jetai sur ses mains chéries que je baignai de mes larmes; je le conjurai seulement de me donner du temps. « Le temps, lui dis-je, peut dévoiler un étrange mystère qui cause ma folie et ma perplexité. » Mes bons parens ne voulurent pas ajouter à mon tourment par des questions pénibles, et la honte que me causait l'invraisemblance de mon histoire m'obligea au silence; mais ils consentirent à m'accorder ma demande, et à obtenir un délai, sous la seule condition que je n'empoisonnerais pas le bonheur de leur réunion avec mon oncle, en montrant une opposition décidée à mon mariage avec ma cousine.

Mon agitation augmentait à chaque minute, et autant je désirais de revoir mon oncle, autant je redoutais l'instant de notre arrivée. Mille souvenirs se présentaient en foule à mon esprit pendant que nous approchions de l'hôtel de Zelve. Les domestiques nous reçurent avec transport, et nous prévinrent que mon oncle nous attendait dans l'appartement de sa fille. Ils nous conduisirent à l'aile du bâtiment qui était arrangée pour elle, et qui n'était pas finie lorsque j'avais quitté Paris.

Nous fûmes introduits par un magnifique escalier et une suite d'appartemens dans l'antichambre de celui de ma cousine. La porte s'ouvre, et je reconnais la même chambre où j'avais été amené le soir du bal masqué. Ma Sylphide, dans le même costume, et plus belle qu'un ange, était conduite par mon oncle. Il l'amène auprès de moi, et avec ce tendre et vénérable sourire où son cœur se peignait, il me dit : « Charles, voulez-vous accepter la main d'Alix, d'Adélaïde, de ma fille, de votre Sylphide Alice ? »

Les idées de mystère, de féeries, d'apparitions, avaient fait depuis quelque temps une si forte impression sur mon esprit que je ne sus si ce que je voyais, si ce que j'entendais était une réalité. Un tremblement universel me saisit, et j'eus à peine la force de dire : « Oh! ne continuez pas à me tromper par de fausses espérances......, je ne puis le supporter. »

Ma cousine semblait également agitée. Mais elle prit ma main, et de ce ton séduisant qu'elle seule possédait, elle me dit : « Cher Charles, Alice ne peut vous tromper; si vous le voulez encore, Alix est à vous pour la vie. »

Ce serait en vain que je voudrais tenter de décrire un bonheur trop vif, trop sincère, trop tumultueux pour que des paroles puissent l'exprimer.

Nos parens le partageaient. Pour calmer la joie de ces premières émotions, ou plutôt pour la sentir plus délicieusement encore, mon oncle exigea que la princesse de Zelve m'expliquât le mystère de sa conduite et racontât tout ce qui s'était passé; mais il ajouta : « Rappelez-vous, Charles, que si les projets et la conduite de mon Adélaïde vous paraissent bizarres et extravagans, elle a toujours été secondée par le génie romanesque et singulier de son père.

Elle commença comme il suit, et tout ce qu'elle dit se grava si bien dans mon cœur que le temps n'a pas eu le pouvoir d'en rien effacer; je crois l'entendre encore.....

« Avant d'entamer ma romanesque histoire, dit-elle, rappelez-vous, mon cher Charles, que tout ce que j'ai fait n'était pas pour un étranger, mais pour l'ami et le compagnon de mon enfance; pour celui que je pouvais nommer mon frère. Rappelez-vous également que le succès de tous mes plans était fondé sur la connaissance que j'avais de la bonté de votre cœur. J'avoue aussi que j'ai été étonnamment secondée par les plus heureux hasards.

« Elevée chez mes parens, contre l'usage ordinaire de France, je m'étais vue le constant objet de la tendresse du meilleur des pères. Je n'avais cessé d'avoir devant les yeux l'image du bonheur domestique dans la société de mon père, de mon oncle et de ma tante, jusqu'au moment où ils allèrent à Naples. Il n'est donc pas étonnant que tous les vœux, tous les désirs de mon jeune cœur se bornassent à jouir toute ma vie d'un semblable bonheur, au sein d'une famille unie et respectable. Les peintures que j'entendais faire des situations les plus enviées à la cour et dans le monde m'effrayaient au lieu de me séduire, et redoublaient mon penchant pour une vie plus tranquille.

« J'avais naturellement un tour d'esprit un peu romanesque, et plusieurs particularités de mon éducation augmentèrent cette disposition. Mon premier, mon plus grand sentiment fut pour mon père, le second fut pour mon cousin, quoique j'eusse à peine onze ans quand nous fûmes séparés. Mais, ayant toujours vécu avec des personnes âgées, j'étais moins enfant qu'un autre enfant de mon âge, et j'avais décidé que mon cousin Charles deviendrait mon mari. Je parlai étourdiment de mon plan à ceux qui m'entouraient ; on crut alors devoir m'apprendre que j'étais destinée au prince de Zelve, et mon père commença à me parler ouvertement de l'état de ses affaires et de mon mariage projeté malgré ma jeunesse.

« A peine fus-je informée que cette union tirerait mon père de plusieurs circonstances embarrassantes, et lui assurerait d'immenses richesses, dont il faisait un si noble usage, que je ne balançai plus : j'entrai dans son idée avec enthousiasme ; j'imposai silence à mon cœur sur tout autre sentiment, et ne conservai pour vous, mon aimable Charles, qu'un amour vraiment fraternel.

« Le prince de Zelve était vieux et infirme, mais son caractère était excellent, et son esprit très-orné et très-agréable. Avant, et depuis mon mariage avec lui, son plus doux intérêt fut de s'occuper avec mon père de mon éducation. Le mauvais état de sa santé l'obligeait à mener une vie fort retirée, et je passai mes jours absolument seule avec

eux et leurs amis, Valmont et d'Orsigny. Je
n'apprenais pas dans leur société les usages
du beau monde, ni ce qui caractérise une
femme du bon ton; mais j'appris à mettre
le contentement du cœur au-dessus de tous
les biens et de toutes les distinctions ; j'appris à placer mon propre bonheur uniquement dans celui des personnes que j'aimais,
et à y contribuer de tout mon pouvoir. J'appris à donner peu d'importance aux petits
événémens de la vie, et à ne pas les mettre en
balance avec les vrais intérêts d'une affection
réelle. Mes amis étaient enchantés des progrès de ma raison et de mes différentes études. Pour me donner quelques distractions et
un exercice salutaire dans la vie retirée que
nous menions, ils s'amusaient à m'apprendre
à faire des armes et à monter à cheval, sans
négliger les talens de mon sexe. J'adorais celui
à qui je devais le jour, et j'avais également le
plus tendre respect pour le prince de Zelve, que
je regardais comme un second père. L'amitié
qui le liait au mien ayant été son principal motif
pour m'épouser, je l'aimais aussi comme celui à qui ce père chéri devait le retour de sa
tranquillité et de sa fortune, et j'étais heu-

reuse de penser que mes intenti ons et mes soins prolongeaient ou du moins adoucissaient ses derniers jours. Il paya enfin le tribut à la nature, et fut sincèrement regretté et de son vieux ami et de sa jeune épouse. Mon extrême jeunesse et l'usage exigeaient que je passasse quelque temps dans un couvent; mais mon père venait m'y voir chaque jour. Sa conversation ramena bientôt mes pensées sur un neveu qu'il aimait presque comme un fils, et dont il m'entretenait sans cesse. Ce ne fut pas sans une douce émotion que je l'entendis parler de notre union future comme du plus ardent de ses vœux. Je lui exprimai avec franchise mes sentimens pour vous; mais, comme je prévis que le bonheur de toute ma vie en dépendait, et que je n'étais pas sans défiance sur mes moyens de vous attacher, je le suppliai de me donner du temps pour me convaincre que l'aimable caractère qui s'annonçait dans votre enfance n'était pas altéré; et, pour m'assurer votre cœur d'une manière plus durable, je conjurai mon père (et il y consentit, comme la première précaution et la plus indispensable) de prévenir absolument vos soupçons sur la pos-

sibilité de notre mariage. Il écrivit donc à mon
oncle et à ma tante, pour leur apprendre qu'il
avait donné son aveu à ma future union avec
le duc de Vintimille, et il ajouta que c'était
un mariage d'inclination. Je ne cessai depuis
lors de préparer des plans qui répondissent à
mon but, et je n'eus plus d'autre pensée.
J'étais sûre que si je me mariais, comme c'é-
tait l'usage en France parmi les personnes de
mon rang, uniquement par intérêt et convenance, sans la moindre affection et sans aucun rapport de caractère, je serais la plus
malheureuse des femmes. Je ne doutais pas, au
contraire, que, si je connaissais bien mon
cœur, je ne trouvasse le parfait bonheur avec
vous et dans la réunion de toute ma famille.
Enfin je demandai à mon père s'il voulait me
laisser suivre un projet que j'avais formé :
c'était de pénétrer dans votre cœur par une
épreuve lente, avec un mystère que le sentiment dirigerait, et de me rendre maîtresse
de vos actions. Il m'assura qu'il se prêterait à
tout, et nous arrangeâmes ensemble ce que
nous avons si heureusement exécuté.

« J'avais l'ambition de frapper votre imagination, et de vous toucher de mille manières

différentes, sans avoir précisément aucun plan
d'arrêté. Je voulais surtout , sans que vous en
fussiez averti, veiller sur vous à votre entrée
dans le monde, engager s'il était possible
votre reconnaissance , en même temps que
votre respect, votre estime et votre amour.
Pour réussir , je voulais surprendre à la fois
votre cœur et votre esprit par des mystères de
féeries faciles à exécuter avec quelques précautions antérieures.

« Vous faisiez alors votre cours de voyages.
Ma tante , votre excellente mère , me sollici-
tait, depuis que j'étais libre , d'aller passer
quelque temps avec elle dans la belle Italie.
Mon oncle n'y mettait pas moins d'instances.
J'avais résisté jusqu'alors par la crainte de
quitter mon père , qui ne pouvait m'accompagner ; mais il me fit sentir lui-même combien il me serait utile de me concerter avec
vos parens. Il espéra que ce voyage remettrait
ma santé , qui avait un peu souffert pendant
la maladie du prince de Zelve. Je consentis à
partir pour Naples , et il me confia aux soins
d'un ancien ami de service, M. Delville ; que
vous ne connaissez pas. Il avait obtenu sa retraite depuis votre départ. Veuf comme mon

oncle, n'ayant qu'un fils qui suivait la carrière militaire, il avait dévoué sa vie à son
noble ami et protecteur. Je partis donc avec
une femme de chambre et ce digne ami, et
j'arrivai à Naples trois mois avant votre retour. J'étais chargé d'une lettre de mon père,
qui apprenait à son frère ses intentions et les
miennes. Ils furent comblés de joie, et me reçurent comme une fille chérie, quoique je
leur déclarasse que je ne le deviendrais qu'a-
près m'être emparé de votre cœur. Ils se prê-
tèrent à tout ce qui pouvait assurer cet espoir,
et me promirent de ne point vous instruire
de mon arrivée auprès d'eux. Mon grand
deuil ne me permettant pas d'aller dans le
monde ni aux spectacles, et ma tante vivant,
par goût, très-retirée, mon séjour à Naples fut
à peu près ignoré. Je n'y vis personne, et je
passai ma vie avec elle, uniquement occupée
de notre Charles et des moyens de m'assurer
toutes ses pensées. Je ne pouvais supporter
l'idée que vous m'épouseriez seulement par
obéissance. Votre mère approuvait ma façon
de penser à cet égard, et elle me mit parfaitement au fait de votre caractère. J'appris par
elle la forte impression que la jolie fable des

Sylphide avait faite sur votre imagination. Je résolus d'en profiter, et je bâtis mon plan là-dessus, d'accord avec ma tante. J'étais encore chez elle quand vous arrivâtes, mais très-près de mon départ. Le vôtre pour la France était aussi décidé, et je devais vous précéder de quelques jours. Ce fut la veille de celui où je devais quitter Naples que je voulus commencer mes épreuves. Vous vous rappelez sans doute, Charles, la première apparition nocturne de votre Sylphide. Une porte cachée dans la boiserie, à côté de votre lit, fut arrangée exprès avant votre arrivée, et me donna l'entrée dans votre chambre. Une guirlande des fleurs les plus rares, prises dans les serres-chaudes du roi, dont la plupart étaient à peine connues encore en Europe, fut arrangée par ma tante et par moi. Ma lettre même fut écrite d'avance. Si, contre mon attente, vous fussiez resté tranquille, je vous aurais parlé sans me montrer; la lettre alors devenait inutile. Mais elle me servit à merveille, et vous fîtes exactement ce que j'avais prévu. En quittant votre chambre, j'entrai dans la chaise de poste où M. Delville et ma femme de chambre m'attendaient, et je partis pour revenir chez mon père. Ma tante, qui me regrettait, avait beaucoup pleuré en me disant adieu, et s'était couchée. Mais, comme nous en étions convenues, elle feignit de dormir quand vous entrâtes chez elle, pour vous ôter la tentation d'être indiscret. Quelques jours après vous partîtes aussi. J'étais cachée dans le château de mon père quand vous y arrivâtes. J'entendis une partie de votre première conversation avec lui, et le plaisir qu'elle me donna augmenta mon attachement pour vous et mon désir de réussir dans mon projet ; mais je faillis être la victime de mes idées romanesques.

« Je continuais à rester cachée dans le château de mon père. J'étais avec lui quand vos études ou vos rêveries vous appelaient ailleurs, et chez ma gouvernante, la bonne Delmont, quand vous reveniez auprès de lui. Il feignit d'aimer à se coucher de bonne heure : dès que vous l'aviez quitté le soir, je venais auprès de lui, et, cachée derrière la jalousie de sa chambre, j'étais le témoin de vos promenades nocturnes, et je vous voyais avec un ravissement que je ne puis vous exprimer, uniquement occupé de votre Sylphide, contempler son étoile,

regardez souvent le médaillon de ses cheveux
et le pre... de vos lèvres. J'entendis avec transport la jolie romance que vous aviez faite pour
l'amoureuse Alice, et que vous chantiez à demi-
voix en vous promenant. Vous paraissiez plutôt craindre que désirer le séjour de Paris, si
séduisant à votre âge.... Que me fallait-il de
plus, et qu'attendais-je pour me découvrir?..,
Ah! Charles, je voulais auparavant être sûre
que votre imagination seule n'était pas sé-
duite, et que les conseils de votre ange gardien
avaient fait une impression assez forte sur votre
âme pour vous garantir d'une séduction étrangère. J'eus un moment l'idée, que j'ai exé-
cutée depuis, d'être ma propre rivale, de paraître sous un nom étranger, et d'éprouver si
je l'emporterais sur Alice; mais ce triomphe
ne m'aurait satisfaite qu'à demi, et pas du
tout rassurée, si je ne l'avais pas remporté,
et si vous m'aviez vue avec indifférence. Je ne
pus prendre sur moi d'en courir le risque; je
préférai qu'une autre fût chargée de cette
épreuve; je suppliai mon père de me permettre un essai qui devait nous éclairer sur votre
caractère, sur vos sentimens, et auquel je ne
voyais pas de grands dangers, ni pour vous,

ni pour la jeune personne que je voulais mettre en scène. Je connaissais Agathe Delmont,
qui venait souvent chez sa tante : elle était
plus jeune que moi de deux ou trois années ;
je me plaisais à donner à cette aimable enfant
quelques talens. Je m'amusais de son extrême
vivacité, de son esprit naturel, de sa petite
coquetterie : tout cela allait à sa jolie figure.
Elle m'aimait, elle suivait quelques-uns de
mes conseils, et je prévoyais que, malgré ses
petits défauts de jeunesse, elle serait un jour
une femme très-intéressante. En attendant,
elle était assez séduisante pour qu'un jeune
homme ordinaire ne pût la voir sans danger
pour son cœur ; mais j'osais espérer que l'ami
de la Sylphide Alice résisterait à cette épreuve,
et que, si ses yeux et son esprit étaient séduits
un instant, son cœur et sa raison en triom-
pheraient bientôt. Le danger aurait pu être
plus grand pour Agathe, si elle n'avait pas eu
aussi pour préservatif, non pas un sylphe,
mais un amant très-aimé, et qui devait bientôt l'épouser ; c'était le fils de l'ami de mon
père, de M. Delville, qui m'avait accompagnée
à Naples, qui savait tous mes projets, et qui
était si sûr de sa future belle-fille qu'il ne s'op-

point à ce que je désirais, et que le jeune Melville y consentit aussi. Agathe ne fut point fâchée de lui donner cette nouvelle preuve du pouvoir de ses charmes, et se prêta à tout ce que je voulus, en m'assurant qu'elle allait employer tous ses moyens pour vous tourner la tête. Elle tint parfaitement parole.

« Elle parut. En la voyant si jolie, je me sentis prête à me repentir de mon projet, et j'aurais voulu y renoncer. Mais je ne pus me résoudre à passer pour inconséquente, à avouer que je la redoutais... Je persistai, non sans une grande émotion, à vous laisser voir la dangereuse Agathe. Pendant plusieurs jours vous résistâtes, quoiqu'il fût facile de voir qu'elle avait attiré votre attention; mais Alice l'emportait encore, et Adélaïde était la plus heureuse des femmes. Agathe m'assurait en riant que l'étoile la plus nébuleuse de la Lyre avait pour vous plus d'éclat que ses deux jolis yeux noirs. Mais enfin ils triomphèrent de votre résistance, et leur triomphe fut complet. La pauvre céleste Alice, reléguée dans sa constellation, n'attira plus vos regards, n'eut plus une seule de vos pensées, et cependant, Charles, je n'étais point aussi malheu-

reuse que j'aurais pu l'être; car je voyais que,
sans vous occuper d'Alice, l'impression qu'elle
avait faite sur votre cœur n'était pas effacée.
Votre ton et vos manières avec la petite Agathe avaient toute la délicatesse, toute la pureté que l'on pouvait attendre de l'ami protégé
d'une Sylphide; vous étiez digne encore de
toute mon estime. Vous ne vous doutiez guère
que dans vos entretiens du soir, lorsqu'Agathe
était assise sur sa fenêtre, et vous sur la terrasse, appuyé sur le balcon, votre Sylphide
était dans la chambre, écoutant votre entretien, qui souvent était dicté par elle avant votre
arrivée. Mon père en fut aussi quelquefois le témoin, et jugea mieux que moi du moment où
il fallait vous éloigner d'une tentation aussi
dangereuse. Agathe aussi nous pria de finir
une comédie qui pouvait enfin inquiéter Delville, et mon père vous proposa de l'accompagner à l'hermitage. J'étais décidée alors à
vous apparaître, non pas encore comme votre
cousine Adélaïde, mais sous une forme nouvelle, et en vous laissant un doute et une curiosité qui devaient naturellement occuper
votre imagination, émouvoir votre cœur, et
détourner vos pensées d'un objet aimable il est

vrai, mais qui, ne pouvant vous convenir sous
aucun rapport, ne devait pas avoir fait une
impression bien profonde. Agathe, ne vous aimant point, n'avait été avec vous que très-
agaçante et très-coquette, et pas du tout sensible. Si les impressions de ce genre sont
vives, elles n'ont jamais beaucoup de durée.
J'osai me flatter de l'emporter sur elle, quand
vous ne seriez plus entraîné par sa présence,
et que vous la sauriez engagée. Le lendemain
de votre départ, son père et les Delville vinrent la chercher pour conclure son mariage,
et mon père se chargea de vous l'apprendre.
Vous savez le reste; il saisit l'occasion de
vous conduire dans la jolie plaine au bord de
la rivière, où je voulais enfin vous apparaître
sous mon nouveau costume. Mon père prit
aussi le premier prétexte pour vous laisser
seul. Il n'était pas difficile de prévoir que vous
retourneriez visiter un site que vous aviez admiré. Je me proposai de m'y établir chaque
jour jusqu'à ce que vous m'eussiez trouvée;
mais mon bonheur vous y conduisit dès le
premier matin où vous fûtes seul. Notre entretien prit la tournure que j'avais désirée; je
vis que la céleste Alice, si long-temps négligée

pour Agathe, reprenait ses droits sur votre imagination, et que l'heureuse Alix ne vous déplaisait pas. Mais la difficulté de soutenir, sans me trahir, ce double rôle me fit presser le moment de le terminer. A un signal convenu, trois de mes gens parurent dans un petit bateau, et quand nous fûmes descendus de l'autre côté, je m'enfonçai dans le bois, où mon carrosse m'attendait pour me ramener chez mon père. Il vint vous rejoindre à l'hermitage, et moi j'allai vous attendre à Paris, où je rentrai dans mon couvent. J'y avais laissé une amie intime pour qui je n'avais rien de caché, mademoiselle d'Arcy, qui était promise au duc de Vintimille. Il venait souvent la voir, et ce fut d'accord avec eux que nous arrangeâmes qu'elle passerait pour moi quand vous viendriez me rendre votre visite : c'est elle qui vous fut présentée comme votre cousine Adélaïde. Elle est actuellement duchesse de Vintimille; je lui ai rendu avec plaisir l'amant et l'époux qu'elle m'avait prêté en apparence.

« Je n'étais pas sans inquiétude sur votre séjour à Paris : je craignais que l'impression que vous avait faite Alix ne fût pas assez vive

pour vous occuper long-temps. Je me décidai
donc à surveiller toutes vos actions, et à saisir
la première occasion de vous apparaître encore.
Francisque, que j'avais gagné, Valmont et d'Orsigny, étaient les espions que j'employais. Le
premier m'informait des heures où vous res-
tiez chez vous; les deux autres, de tout ce
qui se passait dans les sociétés où vous étiez
introduit. Vous aviez les mêmes liaisons, et
j'étais sûre que, sans la moindre affectation,
un de mes amis du moins pouvait toujours
être avec vous. Oh! Charles, mon cousin, mon
unique ami, pardonnez à votre Adélaïde tant
de petites ruses, dont le seul but était votre
bonheur! Alice vous avait averti dans sa lettre
qu'elle veillerait sur vous, qu'elle saurait vos
actions et vos pensées; elle n'a pas dû vous
en imposer.

« Je fus bientôt instruite de votre intimité
avec le chevalier de Melfort, de votre nais-
sante passion pour le jeu; et bientôt après,
avec un sentiment de peine et d'inquiétude
que tous les sages raisonnemens de mon père
ne purent modérer, j'appris votre liaison avec
Éléonore. Mon père, qui avait prévu des événemens de ce genre, n'y attacha pas la même

importance que moi; cependant je repris courage. Je me fiai à l'amour et à la bonne opinion que j'avais de votre cœur et de votre
sensibilité. D'Orsigny, qui connaissait Eléonore, ne tarda pas à savoir que, comptant
sur votre négligence et votre générosité, elle
avait contracté des dettes; et Valmont fut
informé, par les conversations habituelles du
jeu, que vous deviez trois mille louis au chevalier de Melfort: cette circonstance était très-
favorable à mon plan, et je fus merveilleuse-
ment servie par le hasard, que nous sûmes
encore aider. Mes deux amis engagèrent les
créanciers d'Eléonore à exiger tout de suite
leur paiement; Melfort fut averti sous main
que vos affaires étaient en mauvais état, et
on lui conseillait de se faire rendre ce que
vous lui deviez; en même temps mon père
saisit une occasion de vous annoncer un embarras momentané dans ses affaires, et de
vous prouver ainsi l'impossibilité où il se trouvait de vous aider. Vous cachiez si bien
vos inquiétudes secrètes que vos amis eurent
peine à s'en apercevoir. Dans une visite que
d'Orsigny fit à Eléonore, elle lui confia que
vous lui aviez promis de payer ses dettes,

mais qu'elle craignait de vous avoir fait beaucoup de peine ; ainsi nous fûmes encore dans
le doute sur vos moyens.

« Les machines pour la scène nocturne
que je méditais étaient très-simples, et avaient
été préparées depuis long-temps ; l'appartement de ma mère, qui était au-dessous du
vôtre et toujours fermé, nous avait donné
toutes les facilités nécessaires à l'exécution
de mes projets. Une trappe qui faisait un des
compartimens de votre parquet ne s'apercevait point chez vous ; elle était soutenue par
un échafaudage placé en-dessous, dans la
chambre de ma mère. Les lustres de la décoration étaient placés dans des panneaux tour-
nans de votre boiserie, et cachés en dehors
par des armoires et votre bibliothèque. Francisque disposa votre lumière de manière qu'elle
dût s'éteindre à une heure marquée : quelques
momens après j'entrai, au moyen de la trappe,
dans le costume de fantaisie que j'avais choisi.
A un signal que je donnai, les lumières et la
décoration parurent, et disparurent à un second signal. Je descendis dans l'obscurité, et
quand votre surprise vous aurait laissé la présence d'esprit de me suivre, vous auriez été ar-

rêté par l'échafaudage qui soutenait la trappe,
et j'aurais eu le temps de m'échapper, bien
avant que vous eussiez pu pénétrer en bas.

« Mon père obtint pour vous la place à la
cour que je vous annonçai, et, comme Valmont et d'Orsigny étaient tous les deux attachés à Versailles, il leur était facile de continuer leurs observations sur votre conduite :
je fus aussi servie par le hasard le plus heureux. D'Orsigny a une sœur veuve à qui le
baron de S*** est attaché et qu'il espère
épouser. Ce baron était intimement lié avec
madame de Roseville, dont il avait été l'amant.
Dès que vos soins pour cette séduisante femme
furent publics, d'Orsigny, au moyen de sa
sœur, mit le baron dans nos intérêts. Nous
apprîmes de lui les desseins de madame de
Roseville sur votre cœur et sur vos principes
politiques. Il nous mit au fait de votre apparente soumission et des moyens de séduction
qu'elle employait ; enfin nous sûmes par lui
la partie du bal masqué et le projet de votre
souper chez M. D***, car elle se glorifiait de
vous y entraîner, comme d'une preuve de son
extrême adresse en politique.

« Je fus réellement effrayée des consé-

quences que pouvait avoir votre imprudence,
et pour la prévenir j'aurais consenti même
à me découvrir; mais nous voulûmes encore
essayer du merveilleux, et nous arrangeâmes
notre plan. Le baron fut instruit de mon
déguisement, et moi du sien. Il en changea
dès que vous fûtes entré avec lui dans le bal,
sans danger d'être découvert, et, reconnu de
moi seule, il se tint auprès de vous, ce qui fit
que je pus facilement vous distinguer. Je
m'approchai et vous parlai avec une extrême
agitation. J'avais fait habiller Marianne, une
de mes femmes, de la même taille que moi,
exactement de la même manière. Après vous
avoir parlé la seconde fois, une troupe de
masques apostés exprès passèrent brusquement entre nous, nous séparèrent, et me donnèrent le temps d'ôter le nœud bleu qui me
distinguait, et de m'échapper en vous laissant
suivre Marianne, que vous preniez pour moi.
Je revins en hâte chez moi, où je m'habillai
aussi promptement qu'il me fut possible, pendant qu'on vous promenait dans les rues de
Paris, ce qui me donna du temps pour ma
toilette, et vous empêcha aussi de distinguer
où l'on vous conduisait. Je n'avais d'ailleurs

aucune crainte que vous pussiez le deviner ;
car il était bien sûr que votre propre habitation serait le seul endroit auquel vous ne pen-
seriez pas.

« Le carrosse s'arrêta à la première entrée
de l'aile qui était préparée pour moi ; et vous
fûtes introduit dans cet appartement, dont
vous ne pouviez pas soupçonner l'existence.

« Si, dans la conversation que nous eûmes
ensemble, j'eus le bonheur de vous plaire, je
le dus sans doute à la sincérité de mes sentimens et de mon expression ; car, quoique
j'eusse arrangé mille fois tout ce que je voulais dire, je fus si troublée du plaisir de vous
voir, si transportée de vous avoir arraché à
madame de Roseville, que je suis sûre de
n'avoir pas dit un seul mot comme je l'avais
projeté.

« Quant à la dernière aventure, celle de
votre combat et du courage de votre ami Frédéric, elle n'avait pas été prévue, et fut bien
au-delà de ce que j'avais imaginé, de ce que
mon père m'avait permis. Chaque jour mon
cœur était plus profondément intéressé à la
réussite de mes projets. Les vertus, les qualités
aimables que je découvrais en vous, augmen-

...ent mon attachement, et devenaient une ... espoir et de crainte; je sentais que ... était attachée à la vôtre, à notre union; ... douce certitude d'être aimée, à laquelle j'osais me livrer, me donnait une plus grande impatience de me découvrir enfin à vous.

« Mais la guerre se déclara, et votre ardeur militaire devait vous y conduire : je me décidai donc à garder encore le silence, et j'obtins de mon père de vous laisser commander son régiment, avec lequel vous joignîtes l'armée.

« Ai-je besoin de vous dire ce qu'il m'en coûta pour surmonter mes craintes sur les dangers que vous alliez courir? Mais je vous aimais trop véritablement, mon cher Charles, pour ne pas aimer aussi votre gloire, et ne pas désirer vivement que vous eussiez l'occasion de vous distinguer; je savais bien que vous ne la laisseriez pas échapper, et j'osai me fier à l'amour du soin de vous conserver pour la plus tendre des amies. Il s'en est peu fallu que cette confiance n'ait été trompée; mais alors j'étais bien sûr de ne pas vous survivre, et cette certitude me donna un nouveau courage pour vous laisser partir.

23

« Ayant depuis si long-temps consacré ma
vie à m'occuper de vous, à suivre toutes vos
actions, je ne pus me décider à vous perdre
de vue, et je suppliai mon père instamment
de me permettre de me rapprocher de l'armée. Enfin il y consentit, avec l'espoir que
je vous serais peut-être encore utile; mais
il mit pour condition ce que je désirais moi-
même, que je prendrais des habits d'homme,
et que je ferais ce voyage sous un autre nom
que le mien. Le prince de Zelve trouvant cet
habit plus commode pour les leçons de gym-
nastique qu'il me donnait à la campagne, m'y
avait habituée : ma tenue sous ce costume
avait de l'aisance, et j'avais l'air d'un jeune
homme de seize à dix-huit ans. J'obtins aussi
la permission de lever une compagnie de ca-
valerie. Je me donnai pour un gentilhomme
lorrain : j'ai en effet beaucoup de biens en
Lorraine ; et mes soldats, qui ne me con-
naissaient point, s'imaginèrent que la princesse de Zelve m'avait autorisée à lever une
troupe dans ses terres.

« Mon père me confia de nouveau aux soins
de M. Delville, sur qui il pouvait compter
comme sur lui-même. Je pris son nom, j'y

... de Frédéric, et je passai pour
... Votre général, avec qui mon père
... été, sut de lui qu'il s'intéressait vivement au jeune homme qui, avec ses volon-
taires, demandait à suivre l'armée. ...

— « Mon intention était de veiller toujours
sur vous; et, s'il se présentait une occasion où
... soldats pussent vous être utiles pour votre
avancement ou votre sûreté, de les envoyer à
votre secours. Je n'avais aucune idée de
m'exposer moi-même; et Delville, qui avait
toute l'expérience d'un ancien et excellent
officier, devait les conduire et les commander. Le général eut plusieurs conversations
avec lui, et lui promit de ne rien lui laisser
ignorer de tout ce qui vous regarderait. Il
donna un petit village à garder à mes volontai-
res, pour qu'ils ne parussent pas inutiles. Nous
recevions continuellement des nouvelles de
l'armée, et nous eûmes tous les détails de la
première affaire où vous vous distinguâtes.
Comme je ne pouvais pas vous être utile dans
cette rencontre, il fallut me contenter d'offrir au ciel les vœux les plus ardens pour votre
sûreté. Je n'éprouvai pas moins le supplice
d'une dévorante inquiétude; j'osais à peine

hasarder une question sur vous; mais je fus
cependant un peu dédommagée de ce que
j'avais souffert par votre gloire et les éloges
répétés que j'entendais faire de votre courage
et de votre bonne conduite.

« Delville reçut quelques lignes du général,
qui l'informait que la nuit suivante vous par-
tiez pour une expédition secrète et dangereuse. Nous connaissions le pays, et nous savions que vous seriez obligé de passer auprès
d'un poste ennemi très - considérable. Nous
prévîmes alors que, si malheureusement vous
étiez découvert, ce serait là le moment de
vous être utile. Delville fit les plus sages dispositions; et m'ayant suppliée de rester dans
le village, il partit avec un zèle ardent pour
vous rejoindre. Mon inquiétude ne me permit
pas de rester tranquillement dans mon village.
Je montai donc à cheval, accompagnée d'un
écuyer seulement, avec l'intention de suivre
à quelque distance, pour avoir plus tôt des
nouvelles de l'événement. Le mouvement que
j'aperçus dans ma troupe me donna bientôt
raison de craindre que vous ne fussiez en danger. Je ne songeai plus ni à mon sexe ni à la
prudence; je ne vis que vous seul, et je volai

...Delville pour l'encourager à vous.
...Il fut surpris et désespéré de me...
...il me supplia de me retirer. Mais
...nous étions en ce moment sur une
...je vous vis distinctement, accablé
par le nombre. Alors toute autre considération céda à votre danger; je criai à mes soldats de me suivre, et courus me jeter entre
vous et les ennemis, avec une imprudence
qui pouvait me coûter la vie sans préserver
la votre. Mais je fus plus heureuse que sage;
le brave Delville, qui avait suivi mon mouvement, repoussa ceux qui vous entouraient, et
assura votre retraite. Vous savez le reste,
excepté peut-être les tourmens que j'ai éprou-
vés pendant que vos blessures faisaient craindre pour votre vie. Ainsi tous mes plans ont
réussi; je suis sûre à présent que mon Charles
est le plus aimable des hommes, et il ne peut
douter qu'il n'en soit le plus aimé. Je crois
également à son attachement pour moi, puisque j'en étais l'objet lors même qu'il ne voyait
en moi qu'un être fantastique. Mais Charles, pensez-y bien, si vous me trouvez trop
romanesque pour m'épouser, vous êtes libre,
et mon père et moi-même nous vous assurons

que vous pouvez refuser encore votre cousine.»

On devine aisément ma réponse; et, quoique peu content de mes expressions, qui rendirent bien mal à mon gré les sentimens de
mon cœur, j'eus le plaisir de voir qu'elles per-
suadèrent mon oncle et ma cousine de ma
reconnaissance comme de mon bonheur.
Notre mariage fut promptement célébré, et
les vertus, la tendresse et le caractère d'Adélaïde ont été une source de félicité et de consolation pour ma vie entière. Je lui ai souvent
dit que, si je l'avais connue plus tôt, toutes les
épreuves auraient été bien inutiles, et que je
l'aurais adorée comme mon ange tutélaire,
sans le secours de la féerie.

Je suis tous les jours plus convaincu qu'un
attachement vrai et constant pour une femme
aimable est la plus sûre égide qu'un jeune
homme puisse avoir contre les dangers du vice
et la contagion de la légèreté. O mes chers
enfans! faites un bon choix, aimez avec un
cœur vraiment sensible, vous serez sûrs d'être
payés de retour, et vous aurez aussi un ange
gardien!

FIN.

TABLE DES NOUVELLES